Helga Maria Christoffer

Fööt hoch un lesen

ISENSEE VERLAG
OLDENBURG

Umschlagillustration: Jörg Pommer

Bibliografische Information Der Deutschen Bibliothek

Die Deutsche Bibliothek verzeichnet diese Publikation in der Deutschen Nationalbibliografie; detaillierte bibliografische Daten sind im Internet über <http://dnd.ddb.de> abrufbar.

ISBN 978-3-89995-720-4

Gedruckt bei Isensee in Oldenburg

Een lütt Woort vörweg!

Mien achte Book is fertig. Un ik bedank mi bi aal mien Leser, dat ik dat öberhaupt noch schrieben dröff.
Wenn mien Bööker nämlich nich verköwt wörrn, denn harr ik sicher all laang nich mehr schreeben. Ik kann dat mitünner sülbens ok kum glöben.
Ik freu mi ober ok düchdig, wenn ik hör, dat eener öber mien Geschichten lachen oder nodienken deiht.
Un ik sech an aal mien Leser: Danke! Danke! Danke!
Bedanken müch ik mi ok bi mien Familje för de goode Ünnerstützung un för de Geschichten, de mi jümmer woller vertellt worrn sünd. Ohne Jau harr ik dat ok nich schafft. Un de Geschichten, de Ji to dit Book bidroogen hebbt, de hebbt jo woller aal een wohren Achtergrund. De Noomens heff ik allerdings ännert. Wenn sik dor nun ober doch eener in wollerkennt, denn is dat gaanz gewiß rein tofällig. För dat Delmenhorster Kreisblatt schriew ik nun all bald twintig Johr. Un an mien Pseudonym „Helga Maria Christoffer" heff ik mi so an gewöhnt, dat mi dat egol is, ob mi eener mit mien richtigen Noomen „Seeba" ansnackt oder nich.
Doon heff ik dat domols jo wegen mien Familje, de schull nich ünner mien „Schandtoten" liern. Ik bün ne geborne Vagts un kom ut dat lüttje Dörp Glins (Glinstedt). Mien Mudder köm ut Christoffers Hus in Breddörp. Dorüm „Christoffer".
Aal mien Leser wünsch ik nun n`poor vergnögliche, oder ok mol`n nodienkliche Stün`n.

Inhalt

Bruukt de Oolen dat Glück noch?

Ik stoh lezd Doogs in`n Schriefwoarngeschäft un will`n poor Korten kööpen.
Un ik bün nun jo ok in dat Öller, wo ik meist mehr Trouerkorten bruk, as to schönere un fröhlichere Anlässe.
Ik kunn mi ober nich so rech entscheiden, wat ik woll för een nehmen wull un heff dor woll`n bäten länger stohn. Upmol stött mi so`n junge Froo von`e Siet an un secht to mi:
„Entschuldigung, Sie sind ja auch schon ein paar Tage älter, und ich möchte Sie mal fragen, was Sie von dieser Karte halten?"
Se hööl mi ne Korten mit luuter Marienkäfer ünner mien Näs.
„Tschjoo,-" sä ik, „de is jo wunnerschön, de mach ik woll liern."
„Das ist nämlich so, ich weiß nicht, ob ich die noch für meine Eltern nehmen kann. Die sünd ja auch schon etwas älter, so ungefähr in Ihrem Alter. Eigentlich sind die auch noch ganz rüstig, aber eine Karte mit lauter kleinen Marienkäfer drauf? Paßt das noch? Sind die nicht zu alt für diese Karte? Würden Sie sich darüber freuen?"
„Ssooo,- " schööt dat ut mi rut, „un doo hebbt Se dachd, weil dor nun luuter Marienkäfer up sünd un dat jo Glücksbringer sünd, is dat nix mehr för de Oolen. De brukt dat Glück nich mehr? Dat is bloß wat för de Jugend!?
Nun hört sik jo woll aalns up!!!

Beste Froo, nun secht Se mi mol, mit woveel Johrn schull dat Glück denn anfangen? Un wi oolt drööft man wän, dat dat denn ober noog is un bams uphörn mutt? Dat entscheidet wi jo nich. Dor paßt dor boben (ik wies mit`n Finger nor`n Himmel) all eener för up.
Kööpt Se ruhig de Korten. Ehre Öllern ward sik freun, dat Se jem noch veel Glück wünscht.
Un wenn`t för de Gesundheit is. De brukt wi doch aal. Wi Oolen, ober ok Ji jungen Lüd!
Villich gewinnt Ehre Öllern ober ok jo noch dat groode Geld in`n Lotto. Un denn kriegt Se sicherlich jo ok wat aff.
Ssüh, - denn hebbt Se ok noch Glück mit hat."
Se bedankt sik, kööwt de Korten, dreiht sik noch mol nor mi üm, lacht mi so fründlich an, secht tschü`üs! - Un weg weer se.
Ik kiek ehr koppschüddelnd no un dienk bi mi: Dat Froonsminsch is mi jo woll nich mol vergrellt to, dat ik ehr dat so dütlich secht heff.
Na, denn loot ehr, denn will ik ehr de dummerhaffdige Frog ok man vergeeten. Obwohl, so`n bäten gnaaatschich bün ik jo up ehr wän.
Von wegen, - Marienkäfer paßt nich mehr to us Oolen...
Ik wünsch jedenfalls aal mien Leser gaaanz veel Glück. Ob m i t Marienkäfer oder ohne, dat schall mi egol wän.

De Ünnerbüxen plätten???

De 60 Plus Generaschion - hauptsächlich jo wi Froonslüd - wi hebbt jo nich denn` besten Ruf.
Von us glöwt man jo tatsächlich, dat wi teihnmol leewer jeden Dag usen Köökenschapp utwischen daut, alle veerteihn Doog aal de Finstern putzt un öberhaupt, aal Oogenblick de Wohnung up`n Kopp stellt, as dat wi eenmol de Week ünner de Dusche stiegt, oder nor`n Putzbüüdel (Friseur) goht.
Wi sünd bi de jungen Lüd jo noch as „Putzdüübel" bekannt.
Tschjoo, - gewiß, ik heff jem ok noch kennen leart de richtigen Putzdüübels.
De, de jümmer bloß putzen, kooken, waschen un plätten dän. De keen Tiet harrn üm mol nor`n Putzbüüdel togohn, un de sik kum aal veer Weeken mol sülbens de Hoor waschen dän, weil se dor keen Tiet to harrn.
Dorför kunns bi jem denn ober ok von`n Footbomm eeten. Un de Wäsche köm noch an ne Wäschelienen un wörr dor dröögt. Un Plätt wörr aalns. Ob Ünnerbüxen oder Strümp aalns wörr akroot plätt. Ober gefälligst ohne Falten!
De Generaschion giff dat ober jo nich mehr. De sünd jo utsturben.
Nun is jo aalns anners.
Fröher weern de Ünnerbüxen von us Froonslüd - un ok von de Mannskeerls - ober ok jo veel gröòter. Dat weern domols jo de reinsten Schinkenbüüdels.
Un bi de Herrschaftslüd wörr dat aalns plätt. Us Mudder mit aal ehr Göörn, hett dat nich doon.

Vandoge is dat jo so, wi nöömt us nun de „jungen Oolen“. Dat hebbt us Kinner un Kinnerskinner bloß noch nich mitkreegen.
Wi putzt jo jümmer noch to veel. Jedenfalls mehr, as de jungen Lüd dat mokt. Dat weet wi woll aal. Ober anners hebbt wi us ok jo anpasst.
Wi drägt keen Ünnerhemms mehr, an us lütten Ünnerbüxen giff dat nix to plätten, de teeht wi ungeplätt öber usen strammen Moors un dat duurt nich mehr laang, denn kriegt wi us Strapse ok noch woller her. Schließlich sünd wi „moderne Oole“.
Wi holt us fitt un bewegt us ok noch. Ob in`n Hushalt, in`n Goarn, bi`n Spazeerngohn oder up`n Rad. Wi hebbt n i ch jümmer dat Auto ünnern Moors.
Wi hebbt nämlich noch dat Loopen leart.
Wi wascht us regelmäßig de Hoor, goht ünner de Dusche un pleegt us anners ok.
Un wenn de Putzbüüdel us Oolen nich harr, denn harr de gaanz gewiß to knappern. Wenn ik dor nämlich bün, denn sitt dor meistens bloß Oole.
Mien Putzbüüdel secht ober ok, stinkige Hoor giff dat nich mehr so as fröher. Doomols in sien Leartiet harr he mol een Froonsminsch hat, de weer bloß to Dauerwellen komen. Un he glöw, de harr sik de Hoor ok twüschendör nich sülbens wuschen. De ehr Hoor harrn meistens stief wegstohn, wenn se no lange Tiet mol wollerkomen weer. De harr sik ehrn Kopp nich sülbens wuschen. Ober ehre Ünnerbüxen, de harr se akroot plätt. Dat harr dat Froonsminsch em domols sülbens vertellt.
Ssüh, - so weer dat fröher. Ober dor tellt us Generaschion sik jo nich mehr to.

Speelt Oma noch Football???

Tschjoo, - gewiß doch. Oma steiht in`n Tor!
Se kann jo nich mehr so von een Eck in de annere hechten un springen, ober se hett ne breede Böös un dor geiht so gau nix an vörbi. Un wenn de söößjährige Enkel denn secht: „Omaa, speelst du mit mi Football?“ Denn bind`t Oma sik de Schörten aff, tüht sik ehr Puuschen ut un faste Schoh an, un geiht mit denn` Jungen up`n Hoff. Ierst lett de Jungen dat ok sachte angohn. Oma mutt sik ierst jo mol langsom warm loopen. Ober no so`n poor Minuten is Oma up ehr Beste un ehr schient dat Speel ok Spooß to moken. Se lacht, juucht un kreeit, dat de Nobers all ut`n Finster kiekt.
Ssüh, - un wenn de Jungen sien Oma mit dat Speelen so veel Freude moken kann, denn könnt de Schüsse ok jo ruhig n`bäten faster weern.
Oma bölkt jo mol: „Junge nich so dull!!!“
Ober nun is de Jung`n in Fohrt - un Oma lacht jo un denn meent se dat ok woll nich so iernst.
Sien Schüsse weert ok jümmer schaarper.
No denn` tweeten schaarpen Schuss fangt Oma so`n bäten an to struukeln. Un as de drütte Schuss ehr ierst gegen de Böös un denn gegen denn` linken Arm donnert, doo sett Oma sik platt up`n Moors un kann nich woller hoch. Ober se lacht jümmer noch un de Jung`n helpt ehr.
Nun is`t ober noog för vandoge. Se mutt sik mol n` bäten verpuussen.
Sitten kann se nun n`poor Doog nich so rech. Ober dat se blaue Pleck vör`n Moors hett, dat süht se jo nich, dat

föhlt se bloß. Se mag dat ok man keeneen seggen, dat dor mol eener no kieken schall.
As se nor veer bit fief Doog woller sitten kann, doo dienkt Oma nun kriegt se`n Herzinfarkt. Ehr deiht de linke Siet gewaltig weh un dat tüht ehr bit in`n Arm rin.
Se kann dat kum utholn.
As ehr Stöhnen gor nich uphört, secht ehr Jungen - wat denn` Lütten sien Vadder is - „so geiht dat nich wieter, wi föhrt nun forns nor`n Krankenhus. De Dokter schall di ünnersööken."
„Oochotte chott, - nun dat ok noch!"
De Dokter ünnersöcht ehr gründlich un secht denn ober: „Tschja, - leewe Froo, ik kann an`n Harten nix fasstellen, dor is aalns in Ornung. Ober se hebbt ne böse Quetschung in ne Böös un dat tüht woll bit in`n Arm rin. Wat hebbt se bloß mokt, dat dat dor so dull anschwullen is?"
Un doo mutt Oma jo togeben, dat se mit ehrn Enkel Football speelt hett un de Jungen doch all`n tämlich strammen Schuss hett.
De Dokter keek ehr an as wenn he dach, se weer dr woll`n bäten dörhin, he schüttkoppt denn ober un sä, dat he jo all veel Footballspeeler mit aal möglichen Verletzungen ünnersöcht harr, ober ne Oma weer dor bit nun noch nich bi wän. Un wenn he ehr een Root geben dröff, denn schull se nun man bald een annern Sport moken, de nich so gefährlich weer.
Dat hööl se up Duur doch nich laang mehr ut.
Ssüh, - un seit de Tiet rennt Oma nun - as so`n Verrückte - mit Stöcker dör de Gegend.
Un schull se Jau nun eenerweegens mol vörbiloopen, denn holt ehr man bloß nich up.

Mit`n Foot up`n Disch?

As wi noch Kinner weern, doo sünd mien Geschwister un ik to giern nor us Tante Lisbeth föhrt. Tante Lisbeth harrn groot Hus un een gewaltig grooten Goarn mit aalns dor in`n. Gemüse, Kortüffeln, Obst un masse Strüüker mit sämtliche Beer`n, de dat domols geew.
Wi Kinner kunnen us dor richtig uttooben.
Se harr giern Besöök un meistens ok dat Hus vull. Dat kunn ehr gor nich noog weern.
Tante Lisbeth kunn ok good kooken. Se dä dat giern un de Pütt weern jümmer bit boben hin vull. Un wenn mol mehr Lüd kömen, as se inloarn harr, denn sä se:
„Ji bliewt ober aal to`n Eeten hier, dor is genoog!"
Un denn gööt se Wooter to de Ssupp un de Soßen, schääl noch`n poor Kortüffeln to un kreeg noch her, wat se jüst in`n Hus harr.
Se sülbens müch ok giern wat eeten. Se weer ehr Leewtiet rund un schier.
Villich harr se dorüm ok giern Besöök. Se freu sik jümmer, wenn de Disch vull weer.
Tschjoo, - so weer se, us lüttje Tante Lisbeth.
Ober se kunn ok gaaanz vergrellt weern, wenn wat nich nor ehr Mütz güng`n, oder ehr Hinnerk ehr aagern dä. Denn wörr se richtig luur, bölk dör`t gaanze Hus un hau mit de Fuust up`n Disch, dat dat Geschirr man so klötern dä un de Bloomenwoos bedienklich hin un her wackel.
Ehr Wututbrüche weern in ne gaanze Familje bekannt. Un wer ehr kennen dä, de güng`n ehr denn leewer ut`n Weg. Wi Kinner krööpen ünnern Disch. Un Hinnerk

disse groode stämmige Keerl, de neei ut un güng`n in ne Wirtschopp.
Sogor, as se in ne Johrn köm un ehr dat gesundheitlich nich so good güng`n, hau se noch up`n Disch.
As ik mien Deern mol von us lüttje Tante Lisbeth vertell, wat dat dor jümmer schön wän weer un wat wi dor aalns beleewt harrn, dat se ehr Hus jümmer vull hat harr, ober ok, dat se giern mit de Fuust up`n Disch hau, doo keek de mi ut groode Oogen so nodienklich an, schüttkopp, grübel vör sik hen un sä upmol:
„Mutti, weest wat ik nich verstohn doo? Wi hett dat lüttje dicke Froonsminsch ehr Fööt noch up`n Disch kreegen? De weer doch all bald achzig Johr oolt?!“
„Hhhhh??? Wieso de Fööt up`n Disch?“
„Tschjaa, du hess doch jüst secht, se hett mit de Fööt up`n Disch haut!“
„Oochochtt, - Deern, dat hess du verkehrt verstohn. Se hett nich mit de Fööt up`n Disch haut, de harr se dor jo gor nich mehr ropp kreegen.
Se hett de Fuust nohmen.
Hochdütsch is dat de „Faust“. Hier, kiek her, ik wies di mol mien Fuust.
(Us Deern kann woll aalns verstohn, ober mitünner verdreiht se dat Plattdütsche mit Hochdütsch.)
„Oooch sssoo, - un ik heff mi jüst vörstellt, wi dat woll utsehn harr, wenn de lüttje dicke Tante Lisbeth mit ehr Fööt up`n Disch haut harr. Denn harrn Ji ok doch woll eder Troonen lacht un weern nich ünnern Disch kroopen. Un ehr Hinnerk weer sicher ok nich utneeit.“
Meen se so dröög.
„Deern, du moks dor ober ok woller een von...“

E-Mail is affsackt!

Un ik meen nun nich denn Emil von`e Noberskopp, dat de affsackt is. Nee, ik meen E-Mail de elektronische Post. Wo vandoge keen Minsch mehr ohne to kann un de jungen Lüd upsmeeten sünd, wenn dat vermuckte Ding nich funkschoniert.

Un dat Slimme is jo, jeder geiht dor von ut, dat du ok weest, wat`n E-Mail is.

Un Oma`s, de dor nich jümmer wat mit todaun hebbt, de kiekt denn dumm ut de Wäsche, wenn ehr Enkelin gnatterich un wunnerlich is, bloß, weil ehr E-Mail kaputt is un se nun ok noch jüst ehrn iersten Liebeskummer hett.

Denn versteiht Oma eenfach nich, wat dat mit`nanner todaun hett.

Un wenn de Deern denn noch secht: „Ooch Oma, du weest jo gor nich wovon ik snack, un wo weeh at dat deiht. Fröher, to dien Tiet geew dat doch noch gor keen Liebeskummer."

Denn kann Oma rein dull weern.

Un se vertellt ehr lüttje sößteihnjährige Deern mol, wo dat to ehr Tiet weer, as se dat ierste Mol grooten Liebeskummer hat harr.

Se harr sik mit ehrn domoligen Fründ, wat nun de Deern ehr Opa is, ok mol gewaltig in ne Plünn hat, un se weern vergrellt ut`nanner loopen. Domols harrn se ober noch keen Telefon un all laang keen Handy hat, dat harr`t noch gor nich geben. Se harrn sik sowieso mitünner bloß aal dree Weeken sehn, weil se wieter ut`nanner wohnt harrn. Un ehr Leewste domols keen

Auto oder Motorrad hat harr. Wenn se sik droopen wulln, denn weer he mit`n Rad oder mit`n Zug komen. Un twüschendör harrn se sik richtige laaange Liebes-breewe schreeben un harrn von`anner dröömt. Un dat weer ok schön wän.
As Oma dat vertell, doo keek de Deern ehr mit groode Oogen an un fröög ehr verdattert:

„Wi geiht dat denn, bloß von`anner dröömen?
Wi langwielig!
Un wi hess du dat utholn, wenn du em so laang nich sehn hest? Na ja, bi jau weer dat ok noch wat anners, dat weern jo gaanz annere Tiern! Geew dat de groode Liebe domols öberhaupt all???
Un wi hess du dien Fründin`n dorvon vertellt, aalns ohne E- Mail?"
„Oochott Deern, - de möt doch nich glieks aalns wee-ten. De höögt sik doch bloß eenen un luurt dor villich all up, dat dat mit jau ut`nanner geiht.
Deern, wenn`e em giern hess, denn bruks du keen E-Mail, keen Handy un dien Fründinen bruks du ok nich, dat kriegst du doch woll alleen regelt.
Blaar hier nich rüm, goh nor em hin, he wohnt jo man bloß üm`e Eck. Un denn verdrääägt jau woller. Oder schriew em mol`n schönen Breew."
„Ooch Oma, dat is doch oltmodisch, de lacht mi jo wat ut."
„Dat schoort nix. Wenn he dat iernst mit di meent, denn vergitt he dat sien Leewdag nich, wenn he so`n schönen Breew von di kriegt. Un he steiht sicher forns up`e Matten, wenn de Post bi em wän is."

„Minsch Oma, - un ik heff dachd, du weerst oolt, harrst keen Ohnung un versteihst mi sowieso nich.
Dat du dat domols all erleewt hest, dat harr ik nich dachd. Dat mok ik nun, ik schriew em!
Danke Oma! Un drück mi bloß de Duumen...“

Wenn Mamas krank sünd!

De Kinner sünd noch lütt, se schliek üm Mama rüm, strookelt ehr, wöt up`n Schoot, schmusen un in`n Arm nohmen weern. Se weet, Mama geiht dat nich good. Se wüllt ehr trösten, ober se brukt sülbens ok Trost. Aal Oogenblick kumt een anloopen un stellt de bange Frog:
„Mama geiht di dat nun all woller bäter? Mama du büst doch nich gaaaanz krank?
Du müß doch nich nor`n Krankenhus un wi sünd hier denn alleen?"
„Nee, - Mama mutt nich nor`n Krankenhus, dat ward all woller bäter. Speelt ji man schön tohoopen un loot mi man mol`n Oogenblick lingen un utrauh`n."
„Ober nich richtig krank weern, liebe Mama."
„Nee, nee, - ik stoh glieks woller up."
Un dat duurt nich langen un Mama is woller hoch. Se hett woller aalns in`n Griff.
Nun betüüdelt se woller de Kinner, ehrn Keerl un se mokt aalns, wat so`n Mama eben moken deiht un moken mutt. Ok, wenn ehr dat noch nich woller so good geiht. Ober de Familje geiht vör un de schööt sik keen Sorgen üm ehr moken.
Mama rappelt sik all woller hoch.
De Kinner ward grööter un Mama is jümmer dor. Se hebbt aal mol ehr Wehwehchen, ober Mama bringt jem jümmer woller up de Been.
Denn goht de Kinner ut`n Hus. Een no`nanner goht se ehrn eegen Weg.
Wenn jem dat düchd un dat jüst passen deiht, denn

kiekt se ok giern mol bi Mama un Papa rin. Ober se hebbt nun ehr eegen Leben. Un dat secht se ok.
Mama ward öller un ok all n`bäten krünzelich. De Kinner seeht dat woll, ober se wüllt dat noch nich so seehn. Un aal geewt se ehr ok jümmer woller denn` gooden Root:
„Mama, du müß di fit holen. Du dröffs di nich so gohn looten un so veel rümsitten.
Beweg di un weer bloß nich krank. Dat könnt wi aal nich bruken.“
Mittlerwiel is Mama nun ok gaanz alleen in`n Hus. Un Mama brukt nun bloß mol`n schlechten Dag to hebben, denn heet dat glieks:
„Mama, du m ü ß ober upstohn. Bliew bloß nich lingen, dat geiht ober nich. Du müß in Bewegung blieben.“
Un Mama kann nix, ober se deiht, wat de grooten Kinner secht.
De meent dat jo good mit ehr. Un se will jem nich to Last fallen.
Bit dat wirklich nich mehr geiht un Mama mit`n Schlaganfall nor`n Krankenhus kumt.
Nun stoht de grooten Kinner an`n Bett un weet nich wieter. Denn ehr Mama is jümmer för jem aal dor wän un se hebbt dat aalns as Selbstverständlichkeit hinnohmen.
Tschjaa, - nun, fiefuntwintig Johr looter, wo se sülbens in dat Öller komt, nun dienkt de Kinner dor mitünner över no, wat se ehr Mama aalns affverlangt un för Rootschläg geben hebbt. Un aff un to stiegt dat slechte Geweten in jem hoch...

Tronen lachen in`n Wartezimmer?

Geiht dat?
Anke sitt all ne gaanze Tiet in Wartezimmer. Se will nich sülbens bi`n Dokter rin, nee, se luurt up ehr Mudder. Ober, dat kann noch duurn.
De Dokter lett sik Tiet vandoge un dat is ok woller vull. Jedes Öller is vertrearn un eenige sünd noch vör jem komen. De meisten de dor sitt, hebbt ne Zeitschrift in ne Hand un stiert stief vör sik hen. Annere kiekt aal Oogenblick nor Klock.
Ehr Mudder hett sik blang`n Jan sett. Jan kumt ut`n Nobersdörp un se kennt sik all von fröher. As se sik eben doolsett hett, kumt Hinnerk Kreinboom ok noch - un de sett sik blang`n ehr hin. Hinnerk un se sünd tohoopen nor School gohn.
Ssüh, - un doo güng`n dat los. De Keerls hört beide slech, ober dorför könnt se noch gaanz good kieken un se freun sik, dat se sik mol woller drööpen. Dat güng`n dr ok all glieks luurder bi langs as se sik begrüßen dän. Anke weer dat jo pienlich, ober de dree Oolen harrn dat gaanz hill un de glöben ok woll, de annern Lüd verstühn sowieso nix. Se sünd nämlich noch echte Plattdütsche. Se loot sik ok gor nich störn un aal ehr Oorsgebracken wörn genau dörnohmen.
Endlich is Jan an ne Reeg. Nun ward dat wat ruhiger in`n Ruum. Schienbor hebbt de annern beiden nun keen Luss mehr to`n Bölken. Un de annern, de dor noch mit in`n sitt, hebbt vörher jo ok nix secht.
Dat duurt sien Tiet bit Jan so bedächtig von`n Dokter woller rutkumt. He snackt nich mehr mit jem, tüht sien

Jack an, dreiht sik noch mol kort nor jem üm un secht: „Tschüss!“
Ober aal, de dor noch sitten dän, harrn sehn as Jan sien Jack antöög, dat he keen Strümp mehr an harr. Sien witten barften Fööt keeken upfallend ünner sien swarte Büx rut. Ober keener sä wat un de Ool sslaar nor Hus.
Denn mutt Anke ehr Mudder bi`n Dokter rin. Nun is dat noch ruhiger worrn. Aal kiekt se vör sik dool.
Ne lüttje viddel Stünn duurt dat woll un se kumt ok ohne Strümp woller rut. Bi ehr fallt dat noch duller up, se hett nämlich n` Rock an. Un ehr witten Been schient all von wieden.
Aal kiekt woller, ober keener secht wat. Bit Hinnerk dat doch woll gediehgen vörkomen deiht.
Un weil h e nun glieks bi`n Dokter rin mutt, frogt he so luur un so dröög:
„Sech mol, wat is hier los? Mutt`n de Strümp dor in`n affgeben, oder worüm komt ji aal mit nookte Fööt woller rut?
Wenn dat nämlich so is, denn will ik man mien Strümp vörher uttehn.
Ik heff mi extro vunmorgen nee`e antoogen. Un dat deiht jo nich nödig, dat de Dokter de beholen deiht.“
Upmol köm Leben in ne Bude. Aal fangt `n luur an to lachen, un verstohn harrn se`t ok aal.
Dat Töben weer upmol man bloß noch halv so sslimm.
Un nun snacken un lachen ok aal dör`nanner.
„Tschja, un worüm köm de beiden ohne Strümp woller rut?“ Frög ik Anke.
„Ganz eenfach, de kunnen ehr Stützstrümp nich alleen woller ankriegen.“

Anke ehr Mudder harr noher in`n Hus vertellt, se harr all laang nich mehr so lacht, as bi`n Dokter in`n Wartezimmer.
Ssüh, un wenn se dor sülbens noch öber lachen kann, denn is dat doch ok aalns noch nich so slimm...

Blacky söcht Opa!

Oma un Opa hebbt denn grooten swarten Hund von ehr Enkelkind twüschendör jümmer mol woller in Pleege hat.
Blacky - so heet he - is eegentlik bi jem groot worrn. Ok, wenn se em bloß öbern Dag harrn un de Deern em gegen Obend, wenn se von`e Aabeit köm, affholen dä. Un jümmer, wenn de jungen Lüd utgohn oder eenerweegens hin wull`n, wo se em nich good mit hinnehmen kunnen, köm Blacky nor Oma un Opa.
De Hund föhl sik dor ok to Hus un de beiden Oolen freun sik, wenn Blacky bi jem weer.
Opa streew mit em öbern Hoff un dör`n Goarn, nöhm em mol mit nor de Nobers, un he vertell sik düchdig wat mit em. Un Oma frög em, wenn he köm: „Wüllt wi beiden nun denn ierstmol in ne Köken gohn?"
Un denn güng`n Blacky vörup un lech sik vörn Köhlschapp. He wüß genau, dor geew dat nun een Leckerli.
Blacky verstün aalns.
Denn töögen de Kinner von`n Dörpen in ne Stadt. Un Blacky müß jo mit.
Von de Tiet an wüß man nich, wer mehr Heimweh harr, de Hund oder de Oolen.
Ober de Kinner kömen jo fooken mit em to Besöök.
De Gewohnheiten: Een Leckerli ut`n Köhlschapp, dör`n Goarn un öbern Hoff rennen, oder, dat Blacky sien Platz bi Opa vörn Sofo harr, dor änner sik nix an.
Denn köm de Tiet, wo Opa krank wörr un he nich mehr mit Blacky rutgohn kunn, wenn he de Oolen besööken

dä. Ober denn lech he sik bi Opa vörn Bett, beobacht em un he röög sik nich von`e Steer.
Un as Opa upmol nich mehr dor weer, doo söch Blacky em in`n gaanzen Hus un in`n Goarn. Denn lech he sik bi Oma vör de Fööt un keek ehr so truorig an un dat sehg ut, as wenn he ehr frogen wull, wo is Opa?
Oma strookel em dat Fell un vertell em, dat Opa nich mehr dor is. Un se nimmt em mit in ne Köken. Se snackt mit em un frogd:
„Vermisst du Opa ok so dull as ik?“
Doo steiht de Hund up, geiht in ne Stuuv un lecht sik vör`n Sofo. Oma strookelt em woller un se secht so lies to em:
„Na, denn lech di man mol up Opa sien Platz hin.“ Un de Hund springt hoch un lecht sik genau dorhin, wo Opa jümmer sehten un leegen hett.
„Dat geiht ober nich. Dat drööft he in`n Hus ok nich!“ Schimpt de Enkeldeern. Ober Oma kriegt ne Deek her to`n Ünnerlegen un secht gaanz energisch:
„Doch, dat geiht! Un nun loot em in Ruh!“
Blacky lichd gaanz still, he blinzelt vör sik hin un he hett jem aal in`n Oog. He hett aalns verstohn un he truert üm Opa.
Nun wüllt de Kinner em mol an`e Lien`n mit nor`n Karkhoff nehmen un em vertell`n, dat Opa dor nun lingen deiht. Un se sünd sik gaanz sicher, dat Blacky dat ok versteiht.

So`n lütten Schlüngel!

De lüttje sößjährige Ludger köm ut de School. He lööpt as so`n Tüüt un bölk all in ne Husdöör: „Mama, Mama, wi kriegt morgen Besöök!
Us Lehrer hett secht, he wull us morgen Normiddag besööken. Ober he kumt nich alleen, mien gaanze Klasse kumt ok mit. Se droopt sik aal Klock dree an ne School un denn wöt se us besööken. Mamaa, kanns du för us aal Iis kööpen? Dat mutt ober gaanze Masse wän, dat se ok aal wat afkriegt!"
„Junge, Ludger, nun kum ierstmol rin un denn vertell mi mol genau, wer morgen komen deiht, un worüm dien Lehrer us besööken will? Hess du all woller wat utfreeten?
Ober denn köm he jo woll alleen un bröch nich de gaanzen Kinner ut dien Klasse mit.
Junge, wat hett dat to bedüürn?"
„Nix Mama, de wöt us b l o ß besööken."
Un dat sä he mit`n gaanzt iernst Gesicht.
„Ludger, kum hier mol her un kiek mi mol an. Dat du wat utfreeten hess, dat seh ik an dien Oogen. Wat hess du vertellt, un worüm schall ik för aal Iis kööpen?
Du büs jo woll nich klook! Heff ik`n Dukootenschieter?"
„Oooch Mama, ik heff jem doch aal versprooken, dat se een Iis kriegen daut. Anners weern de doch gor nich aal mitkomen."
Un denn köm Mama dor achter, dat mit ehrn Jung`n mol woller de Fantasie dörgohn weer.
He dienkt sik jümmer Geschichten ut un vertellt de

denn mit so`n iernst Gesicht, dat`n mitünner nich weet, ob dat stimmt oder nich.
Nun harr he sien Lehrer un de Kinner vertellt, dat jemehr Dackel lüttje Hun`n kreegen harr.
„Ja,“ sä Mama, „dat stimmt jo ok. Un nun wüllt se aal de lütten Hun`n bekieken?“
„Tschjoo, -“ sä Ludger un keek sien Mama so fiegelinsch an, „ober ik heff seeecht, - us Dackel hett lüttje Schäferhun`n kreegen.“ Grien he.
„Anners weer doch keener komen. Dor sünd doch mehr in ne Klasse, de ok lüttje Hun`n hebbt.“
„Junge, Junge, wat hess du dor woller vertellt? Dat hett di doch keener glöwt?
Wat hett dien Lehrer denn secht?“
„De hett secht, ik schull nich so spinnen. Dat kunn nich angohn, so wat geew dat nich.
Ober ik heff eenfach secht, bi us geewt dat. Un doo hett he mi ankeeken un secht, denn wull`n se morgen aal een Utflug moken un sik dat mol ankieken. Un d u kunns jem jo aal een groot Iis spendiern.“
„Ludger, Ludger, wat mokt wi bloß mit di?!“
Ober Mama kunn ehrn Jung jo nich hingen looten. Un se kööw genoog Iis för jem aal.
As de Kinner denn`annern Dag för de Döör stün, doo harr se ok aalns vörbereit.
De Lehrer lach öbert gaanze Gesicht un sä: „Dat Weltwunner, wat bi jem passeert weer, harr he sik doch nich entgohn looten wullt.“
Un to Ludger sä he: „So Ludger, nun zeig uns mal deine kleinen Schäferhunde.“

Doo lach de lüttje Schietbüüdel so verschmitzt un neei dr eenfach ut.
De Lehrer keek Ludger sien Mama an un meen: „Na, Froo Gebers, ik glöw, dor kumt noch wat up Jau to.“
Ober ne lüttje Stroof harr he hebben müßt. Un dorüm dat Iis.
Vandoge is de „Lüttje“ groot un hett sülbens Kinner. Ober mitünner kiekt he di noch genau so an as fröher, wenn he di een upbinnen deiht.

Kniep em doch mol!

Gisela, dat is so`n gaanze ruhige, leewe Froo, de nie nich luur ward un wo du keen Striet mit kriegen kanns. Se is so`n ornlikt un vernünftigt Froonsminsch, dat man sik rein verjogen deiht, wenn se mol luur lacht. Von ehr hörst du nie mol`n böset Woart. Ok nich öber annere. Se kloogt nich un se quaakt ok nich öber ehrn Keerl. Un mit em quaaken, dat geiht gor nich.
Mitünner is de Froo mi unheemlich. Se mutt doch m o l ehrn Damp afflooten.
Ik dä jo platzen!
Bloß lezd Doogs, doo hör ik doch mol so`n lieset Kloogen von ehr. Se snack so lies un se vertell mi, dat se mitünner nich wüß, wat se mit ehrn Hinnerk moken schull. Un se kunn dor gor nich mit fertig weern, dat he jümmer ruhiger wörr. Dat he ehr kum noch anter, wenn
se mit em snack, un dat se dor sülbens ok jo jümmer mehr bi verstummen dä.
Un wenn he mit ehr snack, denn nuschel he sik wat in`n Boart, dat se em kum verstohn kunn. Se leben bloß noch so blang`nanner her. In`n Oogenblick harr he dat nun ok noch n`bäten mit de Bloos - un nun kreeg he sien Tähn gor nich mehr ut`nanner.
„Wat hett sien Bloos denn mit sien Tähn todaun? Dorüm kann he doch mit di snacken."
Slöög ik dr rut.
„Ober du kenns em doch, so is he doch all jümmer wän." Sä ik to ehr.
„He is nun mol keen Ssluudertasch. Un he snackt dr

nich eenfach wat her, wat keen Hand un keen Foot hett. Du hess em nun doch all laang noog an ne Backen. Du weest doch, wi he tickt. Dor dienk di man nix bi, dat will woll woller anners weern.“ Wull ik ehr trösten.
„Ooch, de olle mundfuule Keerl! So kann dat ober noch nich wietergohn. Dat hol ik nich ut, dor versuur ik jo in mien eegen veer Wannen. Dor kums jo up dumme Gedanken. Un mi bangt all, dat he sik villich mit`n annert Froonsminsch drüppt. Du müß hüdigendoogs jo mit aalns reeken. He is anners ok jo noch gaanz graal. He süht noch good ut - un nun, wo he ok noch sien nee`e Gebiss kreegen hett, bün ik rein so`n bäten Eifersüchtig.
Dat gifft jo Froonslüd noog, de de Mannskeerls giern mol`n bäten to kniepöögt.“
„Gisela, nun hör ober up! Dat mokt d i e n Hinnerk doch nich. Ji sünd nun all solaang verheirot, dat sett he doch nich so eenfach up`t Speel. Du kenns em doch.
Verdammt!!! Denn kniep em doch mol ornlik in`n blooten Moors, wenn he ünner de Dusche steiht, oder ji nor`n Bett goht. Müß mol richtig fass tofooten, dat he dat ok marken deiht.“
„Ooooh, Heelga! Neee, - dat kann ik nich! Un wat dienkt he denn von mi???
Dat heff ik jo ok noch nie doon...“
„Tschja, - denn ward dat nun ober ok bald mol Tiet! Dat harrst du villich man all veel eder mol moken schullt.“
Gisela keek mi so laang un nodienklich an, - dreih sik üm un güng`n nor Hus.
Ik dach all, se weer beleidigt.
Dree Doog looter rööp se mi an un sä:

Ehr Hinnerk snack woller mit ehr, un jem güng`n dat beide woller bäter...
Na also! Geiht doch! Schööt mi dat dör`n Kopp.

Wat sünd „Oorsgebracken“?

Dat is noch nich laang her, doo weer ik von`n Seniorenkreis inloarn worrn.
Un von mien Siet ut sehn, weer dat een schönen, vergnöglichen Normiddag. Un ik nehm mol an, de Senioren hebbt ok ehrn Spooß hat.
Secht hebbt se dat jo jedenfalls.
Ik bün dor ober ok up ansnackt worrn, dat se eenige Utdrücke in mien Geschichten, de ik jo in`n Kreisblatt veröffentlichen doo, nich kennen daut.
Na! Un dat geiht jo nich, dat mutt ik jo ännern.
Mien Leser möt jo tominst weeten, wat ik meen. Un dorüm heff ik mi nun mol so mien Gedanken mokt un will mol versöken, dat uptoklärn.
Eenige Froonslüd hebbt to mi secht, ik harr in lezde Tiet fooken mol von „Oorsgebracken“ snackt. Ober se kennen denn` Utdruck gor nich, se wüssen nich, wat ik dor mit meenen dä un wat dat eegentlik weer?
Ssüh, - un dorüm vertell ik Jau nun mol, wat mi so in`n Kopp rümspööken deiht.
För mi is dat een Woart, wat ik von lütt an kennen doo. Ik bün dor groot mit worrn.
Ober nun bün ik doch iernsthaft in`t Grübeln komen un heff mi frogd, wat dat Woart bedüert un wo dat eegentlik herkumt. Ober Ji kennt mi jo, ob dat aalns so stimmt, weet ik nich. Garantie giff dat bi mi nich. Ik mutt ok ehrlich togeben, dor heff ik mi vörher noch nie so richtige Gedanken öber mokt hat.
Also: „Oors is jo Moors.“ Dat weet wi jo aal.
Un - Gebracken, - dat is up Hochdütsch - Gebrechen. -

Un „Oorsgebracken“, dat sünd so lüttje Wehwehchen, de woll jeder von us mol hett un de wi aal kennt. Ober dat sünd jo keene richtige groode Wehdooge un Krankheiten. Dat sünd Gebracken, de man allerweegens mol hebben kann.
To`n Bispeel: Een Daag killt di de Kopp u n de Buuk. Du hess ok noch een Rieten in ne Arms oder in ne Been. Dat tüht di von`e Schullern bit in`n Moors un in ne Knien. Dien Nacken is stief, dat Höhneroog an`n lüttjen Töhn pisackt di, de Näs drööpelt un een Pups sitt ok noch quer.
Ober anners geiht di dat good!
Jümmer dor, wo di dat jüst weh deiht un wo du denn` annern Dag all gor nich mehr an dienks, un ok nix mehr von marken deihst, weil du denn all woller annere Oorsgebracken hess, dat sünd d e „Oorsgebracken“ de ik meen.
Up Hochdütsch: - Arschgebrechen, - dat hört sik jo nich good an. Un so`n Woart harrn wi as Kinner ok nich in`n Mund nehmen dröft, denn weer us Mama us up`n Kopp steegen.
Ober „Oorsgebracken“ harr se sülbens ok.
Un wenn us as Kind mol wat fehlen dä, denn sä Mama to us:
„Wegen so`n bäten Oorsgebracken, kanns ober nich in`n Hus blieben.“
Tschja, un so hebbt wi dat Woart all mit de Muttermelk upsoogen.
Wenn nun ober eener von Jau, wat Genaueres weet, denn loot mi dat man weeten.
In m i e n Lexikon steiht dor nämlich nix von in.

Hinnerk kiek mol worr rin!

De oole Mann geiht von`n Hoff. Eenfach so.
He dreiht sik nich üm, kiek nich nor links un nich nor rechts un he secht ok nich:
„Tschüüs! mokt good un wi seeht us." So wi he dat to anner Tiet doon hett.
Nee, he geiht duuknackt, still un lies von`n Hoff.
As he ungefähr an ne Huseck is, böart he noch mol denn` een Arm hoch, ober he secht nix un he dreiht sik nich üm. Ok nich, as de Nobersche em noch noroopen deiht:
„Hinnerk, kiek n`tuur woller rin, wenn du in ne Gegend büs. Du büs doch ok dichd bi.
Kanns doch giern to jede Tiet klingeln. Wi freut us!"
Nix, keen Antwoart. he geiht ohn` een Woart to seggen, sticht in sien Auto un föhrt aff.
Dat is so wiet, he geiht för jümmer.
Un sien Troonen, de he nun nich mehr trüchholn kann, de mutt de Nobersche nich sehn.
Dat mokt he mit sik alleen aff. Dat geiht keeneen wat an.
He hett aalns upgeben. Sien lüttje gemütliche Wohnung is utrüümt. Nix is dor mehr in`n, bloß jemehr Geruch, de hingt noch in de Rüüme. Ober dat duurt nich laang, denn komt de nee`n Mieter, un von jem un aal de Johrn, de se sik dor wohlföhlt hebbt, is nix mehr dor.
Aalns is vergänglich.
Vandoge hett he nun sien lezden Rest affholt un de Schöödels affgeben.
He geiht in`t Altersheim. Nich giern, ober he mutt.
Weekenlang hett he mit sik kämpft un öberlecht, mit sik

un ok mit siene Kinner, wat dat Beste för em weer. Ober nun hett he keenen Moot mehr. Em geiht dat gesundheitlich nich good un dat lezde Johr hett em ok verdammt veel Kraft köst, dat he keenen annern Utweg mehr seehg, as dissen Schritt nun todaun.
Von sien Froo hett he keene Ünnerstützung mehr. De kriegt dat aalns to`n Glück nich mehr mit. De hett nun ehr Rauh. Un sien Kinner könnt em nich upnehmen, de will he ok nich to Last fallen.
Is noog, dat se em hulpen un aalns för em regelt hebbt. Anners harr he de swoore Tiet ok nich öberstohn.
Wat nun noch kumt, dat is sien lezde Lebensafschnitt. Dat weet he genau. Un verbittert, ober ok verständnisvull harr he lezd Doogs to de Nobersche secht:
„Wenn man aachzig Johr oolt is, denn büs du in anner Lüd ehr Oogen nix mehr wert. Denn warst du unsichtbor un ok nich mehr wohrnohmen. De jungen Lüd kiekt denn öber di hinweg. De seeht di eenfach nich mehr. Ober dat is jo ok jemehr goode Recht.
De ohnt ober ok jo noch gor nich, wi gau de Johrn loopt. Dat hett us jo jüstso gohn.
Ober wenn du noch jung büst, denn weest du nich, wie schnell de Johrn loopt un aalns vörbi is.“

Dat hess dorvon!

Linda hett för ehrn Heinz so`n schönt nee`et Oberhemd kööwt, wo up de Verpackung groot schreeben steiht: Garantiert bügelfrei.
Ssüh, - dienkt se, dat is jo dat Richtige. So wat söök ik jo. Farv un Grööte stimmt ok, denn will ik dat man nehmen.
As se in`n Hus is, packt se dat ok forns ut. Se puult aal de Knööpnodel un de Klammer dor rut, un se will dat all in ne Waschmoschin steeken, as se noch so`n lüttje extro Verpackung finnen deiht wo upsteiht: Dieses ist auch garantiert bügelfrei.
Linda ritt ok de Packung oopen un find`t dor so`n lüttje Tüten mit fief oder söß Gummibärn in`n.
„Kiek mol!" bölkt se ehrn Heinz to, „dat is doch mol ne schöne Öberraschung!"
Se freut sik dor öber un stickt de forns in`n Mund. Se mag giern Gummibärn.
Ober noch bi`n Kauen markt se, dat mit ehr Tähn wat nich stimmen deiht. Nun kaut se wat vörsichtiger, föhlt mit ehr Tung eenzeln öber jeden Tähn langs un se markt, dat se upmol n`Lock in ehrn een Kuusen hett.
„Verdammt! Nun heff ik mien een Plombe verschluckt!"
„Ooch, -" secht Heinz so dröög to ehr, „wenn`t wieter nix is, de will woll up`n natürlichen Weg woller rutkomen.
Wenn du de unbedingt worr hebben wullt, denn müß all uppassen."
Linda hett ober nix woller funnen un dat help aalns nix, se müß nor`n Tähndokter.

Denn Dokter hett se vertellt, wi dat passeert weer. De lach un freu sik, dat se bi em up`n Stohl seeht, he vertell düchdig un hett ehr dat Lock woller dichd stoppt. He hett ehr denn` Rootslaag ober noch mit up`n Weg geben, se schull de Gummibärn man leewer weglooten. Twee Doog looter drüppt Linda ehr Fründin, de se natürlich ok von ehr Malheur vertellt.
As de dat hörn deiht, dat Linda giern Gummibärn mag, kriegt de forns ne Packung ut ehr Handtasch un secht:
„Dat heff ik jo gor nich weeten, dat du Gummibärn magst. Hier, de schink ik di.
Bi us itt de nämlich keener un ik sleep dor all so laang mit rüm. Ober pass up, dat di dat nich noch mol passeert."
Ober Linda kann sik woller nich an`n Reemen rieten un stickt ne Hand vull in`n Mund.
Un dat duurt nich laang, doo jault se ok all:
„So`n Schiet! Ik glööw mien Tähn is all woller hooohl! Dat hett bestimmt an`n Tähndokter legen, de hett dat nich ornlik mokt."
Dat nütz ober jo nix, se müß woller nor em hin. Un de frög ehr ok forns, as he ehr sehn dä:
„Sie haben doch wohl keine Gummibärchen wieder gegessen?"
„Doooch, -" flüster Linda so verschoomt.
„Tschjaa, - denn ropp up`n Stohl, Mund wiet oopen - un jault ward hier nich!"

Bloß nich in ne Büxenbeen!!!

Ludger ut`n Ammerland sä lezd to mi: „Ooh, oh, - ik kunn di ok mol ne Geschichte vertelln un de is so wohr, as ik hier nun stoh."
„Tschja, -" anter ik em: „scheet los, up goode Geschichten bün ik schaarp."
„Ob de good is, dat weet ik nich, ober vergeeten doo ik de mien Leewdag nich."
Un denn sett he sik blang`n mi dool un vertell:
He weer fröher Mürker wän un he harr vör Johren mol mit`n Kollegen tohoopen een gaanze oole Schüün ierst affreeten - un denn ok woller nee`t upbaun schullt. De Schüün weer so oolt wän, dat de Eegentümer dor so nix mehr mit anfangen kunnt harr, un de narms mehr to bruken wän weer. De harr laange Johrn leddig stohn un dor harr sik ok woll keen Minsch üm kümmert hat.
Na, sien Kumpel un he harrn sik dor denn jo ok ranmokt.
As se so`n poor Doog dorbi wäsen weern, se harrn all ornlik wat schafft hat, doo weer sien Kumpel een Doogs up`nmol öber`t gaanze Gelände rennt, as wenn de Dübel achter em ran weer, un he harr von wieden all jümmer luur bölkt:
"Neeei ut! Neeei ut! To, - loop wech! Hau aff! Bloß wech hier!!!"
He sülbens harr an`n annern End von`e Schüün aabeit. Un he harr em ok woll bölken hört un ok rennen sehn, ober he harr nich weeten, wat dat schull un wat mit em los weer?
„Is de dördreeiht???" Harr he bi sik dachd?

As de Kolleg ungefähr blang`n em wäsen weer, harr de woller bölkt:
„Loop! Looop! Bloß wech hier!!!"
Un denn harr he jem ok sehn, un em harr dat reinste Gruusen packt. Up em weern woll so`n döörtig bit veertig Rotten tofiehlt komen. Un de harrn een Tempo an`n Liew hat, dat he ok aalns stohn un lingen looten harr un so gau as dat güng`n, utneeit weer.
Ierstmol von`n Grundstück rünner un ropp de Stroot.
Un de Rotten weern jümmer achter jem rankomen.
Junge, Junge, he vertell dat so lebendig, dat mi de koolen Gröösen man so denn` Puckel hendool lööpen.
„I gitt, - igittigitt! Wi fürchterlich!"
Kunn ik bloß jümmer seggen. Ik höl mi all de Ohrn dichd un müß mi schüddeln. Ober he vertell jümmer wieter.
„Dat is jo schrecklich!
Un wat harrst du mokt, wenn di de Rotten in`ne Büxenbeen kroopen un an dien Been hochloopen weern?"
Frög ik em so bangn.
Doo keek he mi so verdutzt an, dat ik oole Froonsminsch dor woll toierst an dach un em so`ne Frog stell.
Ober he keek mi gaanz iernst dorbi an - un dat hett he ok woll so meent - as he mi antern dä:
„Kiek, nun bün ik jo all öller, nun harr mi dat villich nich mehr so upreegt. Ober domols weer ik noch jung, doo harrn de Beester gaanz schön wat bi mi anrichten kunnt."
Gott sei Dank! - weer em nix passeert un se harrn em nix ruiniert. Ober Angss harr he domols schon hat.
Tschja, wat schall ik Jau noch vertelln. Wi hebbt`n vergnöglichen Normiddag hat un veel lacht.

Se liegt in`n Bett???

Dierk hett sien groode Buurnhus vör Johr`n all ümbaut. Sien Anneliese un he hebbt ehr Landwirtschaft domols upgeben un se hebbt ehr groode Hus to een dree Familjenhus ümbaut.
Sien Anneliese un he wohnt ünnen. Un in de böbere Etoosch is up de linke Siet sien Jung`n mit de Brut intoogen, un sien Deern mit ehr`n Brögam hett de rechte Siet kreegen. Heirot hett von de beiden noch keener. Sünd dree schöne Wohnungen worrn.
Denn Goarn un denn Hoff drööft se aal in Anspruch nehmen. Un in`n Sommer daut se dat ok giern. Is doch schön in`n Goarn ünner de Bööm un Büsch in`n Schatten to lingen.
De Ooln weern domols ok gaanz froh un glücklich, dat de jungen Lüd bi jem blieben wull`n.
Dat wull woll aalns good gohn. Dor glöben se aal gaanz fass an.
Un weil dat aal een Familje weer, wörr dor anners ok nix fasslecht.
Wer denn` Hoff fegen müß, denn` Roosen meihn, oder Schnee schüppen schull, dor is nich veel öber snackt worrn, dat wull`n se aal tohoopen moken.
Eener weer jo jümmer dor.
Weern jo ok junge Lüd un aal een Familje. Un de Jungen kunnen ehr Öllern ok jo affwesselnd mol ünner de Arms griepen. So harrn de Oolen sik dat tominst jo dachd.
Ober Fleutschepiepen! Dor harrn Uul seeten!
Dat weer bloß de iersteTiet so. Dor harrn de Oolen sik verkalkuliert.

In`n Gegendeel, de Jungen verleuten sik jümmer mehr up de Oolen. So nor dat Motto:
Loot us man ierst de Oolen verbruken!
Un bit de jungen Lüd an`n Weekeneend mol ut de Puuch kömen, harr de Ool sien Hoff all sülbens fegt.
„Dor kanns nich up luurn, dat dor een von jem mol bigeiht. Denn möt mien Anneliese un ik all dood öbern Tuun hingen, anners verloot de sik up us."
Wenn sik boben gor nix röögen dä, denn schick Anneliese ehrn Dierk mitünner ok all mol rut, dat he mol tokieken schull, ob sik dor boben up`n Balkon wat bewegen dä.
Un mitünner dä Dierk ehr denn` Gefallen ok, ober nützen dä dat nix.
As he lezd Doogs mol hochkeeken harr un woller in`ne Döör stün, doo fröög Anneliese em:
„Na, - wat mokt us jungen Lüd, sünd se all up?"
Dierk keek ehr an un sä so dröög:

„De sünd nich binnen, de sünd nich buten,
de liegt in`n Bett un mokt Rekruten!"

„Wat sechst du dor Vadder? Wat mokt de?" Schööt dr Anneliese rut.
„De mokt Rekruten!!!" Anter Dierk ehr.
„Denn loot jem bloß lingen un stöör jem nich! Wenn`t denn man wat bringen deiht." Lach se.
„Ooch, Mudder, glöw doch nich an so wat! De sitt eder vörn Fernseher un kiekt:
„Bauer sucht Frau " Oder se sitt vör ehrn Computer. Dat is nich so anstrengend!"

„Junge, Vadder, du büs mi jo villich eenen, du troust jem jo woll nix mehr to.
De sünd doch noch jung.“
„Tschjaaa, - ik weet nich, sünd se dat - ???“

Dat güng`n mi dör un dör!

Wi droopt us regelmäßig aal twee Johr. Wi kennt us aal von fröher un dat is so affmokt, dat wi dat ok so bibeholn wüllt. Natürlich könnt nich jümmer aal komen, weil eenige wieterwech wohnt, oder ok ut gesundheitlichen Grün`n mol nich dorbi wän könnt.
Vergohn Johr weer Hanna mol woller dorbi. De harrn wi laange Johrn nich sehn un wi harrn vörher ok aal nix von ehr hört hat.
Hanna weer fröher jümmer so`n Vergnögte. Ober se hett dat nich lichd hat in ehr Leben.
Se hett hart aabeiten müßt up ehrn grooten Hoff, un ehr Kinner weern aal kört no`nanner komen. As doo dat föffde Göhr geborn weer, harr se to ehrn Keerl secht hat, nun weert noog.
Denn güng`n de Öllsten bald ut`n Hus un se harr dor ok keen Help mehr von hat.
Un dat sehg dor ok nich nor ut, dat mol een von jem de Bueree öbernehmen wull.
As denn ok noch dat Unglück passeer, dat de lüttste Deern gaanz krank wörr, se wat trüch behööl un von de Tiet an behindert weer, doo nöhm Hanna dat doch gewaltig mit.
Ehr gaanze Sorg hör von de Tiet an ehr behinderte Deern.
Un bloß`n poor Johr looter, as de Deern woller jüst so krank weer, harr ehr Keerl ehr ok noch alleen looten.
He weer vörher nich krank wän un nix. He weer eenfach ümkippt un dood wän. Domols harr Hanna de gaanze Moot verlooten un se weer ok noch tohoopen sackt.

Ober se müß jo woller to Kräften komen, se harr de Lüttje jo noch. To`n Glück weern de grooten Kinner to Steer wän un harrn ehr bistohn.
Nun, nor fief laange Johrn köm se so bilütten woller up de Been.
Se harr ehr Bueree upgeben müßt, weil se dat ohn`n ehrn Keerl eenfach nich mehr kunnt harr.
Un as no aal de Johrn nun de Inloodung komen weer, harrn ehr Kinner mit aller Gewalt wullt, dat se sik mol mit ehr fröheren Fründin`n droopen schull, un se harrn ehr eenfach anmeld`t. Se schull mol up annere Gedanken komen. Üm ehr behinderte Swester wull`n de Grooten sik kümmern.
Dat vertell Hanna us aalns, un dor weer nich een von us bi, de nich tohör un ehr beduurn dä, wenn ehr de Troonen öber de Backen lööpen un se jümmer woller sä: „Un mien Lothar hett mi eenfach alleen looten. Eenfach so. Ohn`n ok bloß noch een Woart to seggen, is he von mi gohn.“ Dorbi schüttkopp se, as wenn se dat bit vandoge nich verstohn kunn, dat he ehr mit aal ehr Sorgen alleen looten harr.
Keeneen sä wat, wi weern aal mucksmäuschenstill. Un Hanna weer dat rein pienlich, dat so veel Upsehns üm ehr mokt wörr. Bit Lisa upstühn, ehr fass in`n Arm nöhm un to us annern sä:
„To, nun loot us dorför sorgen, dat Hanna vandoge mol up annere Gedanken kumt.“
Een no`nannern stün up, nöhm Hanna in`n Arm un wi möken aal een grooten Kreis üm ehr. Un de lüttje Hanna dor mittenin`n.
Se lach un se ween, aalns tohoopen.

Se freu sik so, dat ehr Kinner so veel snackt harrn un se nun twüschen us weer. Ehr Freude köm so richtig von Harten. Un se steek us mit ehr Lachen aal an.
Un ik bün mi gaanz sicher, se hett mit ehrn Lothar soobens in`n Bett ok noch snackt un em aalns von us vertellt.
Un dat hett ehr sicher good doon.

Wer is S e ?

„Hett de keenen Noomen? Weest du nich wi de heet? Un worüm sechst du denn ehrn Noomen nich?"
Dat weer fröher us Mama ehr Snack, wenn wi Kinner ehr wat vertelln un von de Person denn` Noomen nich sän. Un een von mien ölleren Swestern sä denn noch achteran:
„Mol`n bäten mehr Respekt! Du weest doch, dat gehört sik nich, eenfach S e toseggen. Dat deiht man nich."
Un von Papa köm meistens noch de Spruch:
H e is de Kaninkenbuck un S e is siene Froo!
Ssüh, - so weer dat bi us in`n Hus. Mama paß up, dat wi ornlik ertoogen wörrn, de ölleren Swester geben grundsätzlich ehrn Semp dorto (wi dat bi Geschwister so is) un Papa lach un meen, ik müß noch veel learn.
Nun in`n Öller fallt mi jümmer fookener so oole Sprüche woller in.
As wi vör korte Tiet up`n runden Geburtsdag mol aal so vergnöögt tohoopen seeten un eenige von de Mannslüd ok all`n lütten Ssluck to veel drunken harrn, doo fööl mi de oole Kaninkenbuck upmol woller in.
Een von de Mannslüd, wi nöömt em eenfach mol Dreyers Jan, de snack nämlich ok gaaanz grääsig över siene Froo, obwohl de twüschen us seet. Jan sä jümmer bloß S e, wenn he sien Froo meen.
Good, he harr sik gewaltig een achter de Binsen gooten, ober sien Froo seet blangen mi un de sä nix dorto. Mi wörr dat rein to dull, se dä mi Leed un ik dach, ik müß ehr mol n`bäten bistohn. Un dorüm frög ik Jan:

„Sech mol Jan, wo snacks du eegentlik von? Wer is S e ?“
Jan wies mit`n Finger nor sien Froo röber, grien so hinterfotzig, so richtig verächtlich un sä:
„S e e e , - sitt blang`n di!“
Un doo kunn ik mi dat eenfach nich mehr verkniepen mol toseggen:
„Tschjaa, - Jan, H e is de Kaninkenbuck un S e is siene Froo!“
Jungedi, dat wörr upmol so still an`n Disch, eenige grienen, ober aal keeken affwesselnd Jan un mi an. Keener sä wat, aal luurn, wat nun woll passeern dä.
Jan lööp noch füüriger an, as he sowieso all weer, he keek ober duuknackt vör sik dool un sä nich een Woart mehr.
As langsom woller Leben in ne Bude köm, frögen de annern mi: „Wo hess du denn` Spruch denn her?“
Ik heff jem vertellt, dat dat een gaanzen oolen Spruch is un wi mi dat schient, dor woll veel Wohrheit binnen stickt.
Jan snack nich mehr mit us un mit mi all gor nich, he seet dor in sik tohoopensackt un he weer beleidigt. Ok, weil em keeneen bistühn. Ober dor weer keener bös üm, aal weern froh, dat de olle Sabbelmoors endlich mol stillsswiegen dä. Nun kömen de annern ok mol to Woart. Sogor sie Froo lach un vertell us düchdig wat.
Un ik heff mi wunnert, dat de oole Spruch noch so`ne Wirkung harr.
In Gedanken heff ik usen Papa grienen sehn un seggen hört: Na, dor hess jo mol woller denn` Nogel up`n Kopp droopen.

De lütten Schietöörster!

„Ooch Vadder, wat hebbt wi doch för lüttje seute Schietöörster. Wat hett us Elke de good ertoogen. Dat sünd jo so fründliche Kinner, dat is doch de reinste Freude. Un de könnt sik so freun, wenn ik jem mol`n Schien in ne Hand drück. De bedankt sik so ortig, fallt mi üm`n Hals un ik krieg`n dicken Seuten. Un dor kann ik dat doch all üm doon.

Üm de beiden lütten Deerns, dor brukt wi us ok keen Sorgen to moken. Un wat denn` Jungen angeiht Vadder, - de ssleit nor di."

„Meenst dat, dat de wat von mi aff hett?" Frög Opa so stolz un smeet sik in ne Böös, as de Hohn up`n Määshümpel.

„Joo, joo joo, - dat hett he! Siene gaanze Oart hett he von di aaft. Dat secht Elke ok."

Oma is gaanz vernarrt in ehr Enkelkinner. Se süht ober ok bloß dat, wat se sehn will.

Wenn de dree Lütten ehr de gaanze Bude up`n Kopp stellt, ehr up`e Nääs danzt, oder up ehr hellen Sofomöbel rümspringt, denn kiekt se weg, oder se geiht rut.

Se deiht jem aalns to`n Gefallen. Ok, wenn se de dree mol öbert Weekenend hebbt.

Denn freut se sik, dat ehr Elke un ehr Swiegersöhn so veel Vertroun to jem hebbt un de Kinner bi jem loot. De jungen Lüd möt ok jo mol`n tuur alleen wän. Düchd jem.

Man lezdet Weekenend, doo harr Opa denn` Bassbengel - wat sien Enkel is - woll an ne Wand backen

kunnt. Un he wull dor ok nix mehr von weeten, dat de lüttje Deibel nor em slöög.
Un dat köm so: Oma un Opa harrn ehr lütten Schietbüüdels to`n Eeten inloarn. Ober se wulln nich mit jem in`n Imbiss üm`e Eck, nee, - se wull`n in`n ornlik Lokol un sik bedeen looten. Oma schull sik ok mol verpussen. Se schull nich denn` gaanzen Vörmiddag in ne Köken stohn.
De Göarn weern jo leewer nor McDonald`s gohn, ober Opa wull, dat se in dat Lokol gün`n, wo Oma un he ok fookener mol weern.
He bestell dor sogor sülbens denn` Disch. Un dormit güng`n dat Quaaken ok all los.
De Jungen wull dor nich mit hin. Ober Opa sett sik dör un sä, dor wörr sik anständig an`n Disch sett un jeder kunn bestell`n, wat he giern müch. De Utwohl weer dor groot noog.
Aal bestelln sik wat, bloß de Jungen nich. He wull nix! Oma ehr gaanze Snacken nütz nix. H e wull nix! Em smeck dat hier nich!
„Nimm doch bloß Pommes." „Nee, - will ik nich!"
Aal kreegen ehr Eeten, bloß de sööbenjährige Bassbengel nich, De seeht dor un muul.
Un as jüst aal ornlik wat up`n Teller harrn un tolangen wull`n, doo bölk de olle Schietoors upmol so luur nor`n Kellner, dat sik aal in`n Lokol nor jem ümdreihn dän.
Oma un Opa dachen, he harr sik dat öberlecht un wull nun doch noch wat bestell`n. Ober as de Kellner em frög, wat he denn giern müch, doo sä de Bengel in so`n snodderigen Ton to em, he schull gefälligst forns de Reeknung bringen. Sien Opa wull betohln.

Deukewech! Nun reck dat!!!
Opa harr sik bald vergeeten un em binoh een an`t Muul geben. Ober Oma greep dor gau noch twüschen.
Se hebbt denn aal gau upeeten un denn ober rut. De Ooln weer dat gaanz pienlich. Jüst dor, wo jem aal kennen dän - un se ehr Enkelkinner jümmer so lööwt harrn, dor müß de Satansbroarn jem so blamiern.
Un ünnerweegens quaak Opa mit Oma rüm: „Vertell mi nich noch mol, de Jungen sleeit nor mi! Ik sech di, denn is wat los!“

Neidisch bün ik nich...

Sünndagmorgen bi us in ne Köken.
Mien Keerl un ik hebbt jüst fröhstückt, us geiht dat good, wi sünd satt un tofrearn un in`n Radio speelt se oole Schlager to`n Schmuusen un to`n Danzen.
Dat is üm de Tiet, wo de Sünndoogs-Zeitungen aal in`n Breefkassen steeken weard.
Endlich is mol so`n richtigen Föhrjohrsdag, un no denn` langen Winter kriegt man mitünner jo ok in us Öller noch so Anwandlungen von Föhrjohrsgeföhle.
So`n Dag weer dat.
Dat Kippfinster steiht oopen un de Vogels zwitschert aal üm`e Wett.
Un denn, as de Musik wat lieser ward, hört wi upmol so`n suusen oder so`n rennen bi us up`n Hoff achtern Finster.
Wat weer dat denn? Is dor buten wat los?
Ik bün neeschierig un stell mi direkt achter de Gordinen.
Un denn seh ik blang`n usen Breefkassen een jungen Keerl stohn.
Dat is so`n Typ wi de Footballer Podolsky. Oder heet de anners? Ober he is woll wat jünger as Poldy. Un de secht so luur:
„Kum in miene Arms, trou di! Spring doch eenfach, ik fang`n di up! Na, - kum, heff keene Angst, ik hool di gaaanz fass!“
Un wi stoht dor un tööwt, wat nun woll passeert. Mien Keerl weer ok neeschierig worrn. Un ik dienk bi mi, hett de n`lütt Kind oder n`lütten Hund bi sik?
Oder wo snackt de mit? Wer schall eenfach springen?
He kumt noch nööger achter us Finster, stellt sik breet-

beenig hin, mokt sien Arms - so wiet as dat geiht - ut`nanner un secht gaanz zärtlich:
“Kum doch mien Seuten, spring! Ik fang`n di!“
Un denn is dor woller so`n Geräusch, as wenn dor eener rennen deiht.
Oder is dat wat anners?
Upmol seeht wi so`n lüttje junge Deern, de up em tolööpt un mit eenen Satz richtig hoch in siene Arms springt.
Donnerlittschen! Dat is ne Leistung!
Se smitt beide Arms üm sienen Hals - un he fangt ehr wi so`n Klammeroop - sicher up un holt ehr gaanz fass. Denn drückt, schmuust un küsst de beiden sik, as wenn se sik ewig nich sehn harrn. Se wöhlt em mit ehr Han`n dör sien Hoor un se könnt de Finger nich mehr von`nanner looten.
Jungedi!!! Us geiht dat Hart wiet oopen!
Un so wat passeert direkt achter us Kökenfinster.
„Wat weer dat denn?“ Secht mien Keerl.
„Tschja, - dor hebbt wi woll jüst een groode Liebesgeschichte erleewt. Hoffentlich blifft dat bi de beiden so. Ik dä jem dat jo wünschen.
Kum, loot us doch ok mol rut gohn. Mol sehn, ob wi dat ok noch schafft?“
Forder ik mien Langjährigen up.
„Oochott, - dat loot man. Sett du di man leewer blang`n mi dool. Oder wull up`n Schoot?“
Frogt he mi so fiegelinsch.
Ober mol gaanz ehrlich, neidisch bün ik jo nich. Bloß, wi müssen fröher so jümmer tööben, bit dat buten düster weer. Un dor kreeit vandoge nun jo keen Hohn mehr no.
Ssüh, - door bün ik neidisch up.

Mannslüd in`n Baumaak!

„Sech mol Lisa, kanns du de Luff in`n Baumaak aff? Wees mol ehrlich, oder geiht di dat jüstso as mi? Mit mi is dat gaanz slimm worrn in lezde Tiet. Ik kann dat dor binnen eenfach nich mehr utholn. Un ik weet nich, wo dat an lichd. Ob de Luff dor to dröög is, oder ob dat dor aalns eenfach to wietläufig is. Ik weer jümmer so tüümelich un slech toweege, wenn ik dor so rümstoh un up mien Keerl luur. Un luurn mutt ik jo jümmer."
Ik heff Lisa woll`n bäten jämmerlich ankeeken, as ik ehr dat frög.
„Ochott, joo`o, - " anter se mi, „ober ik weet nich, ob dat dor an de Luff lingen deiht?
Oder ob us bloß so de Ssweet utbrickt, weil us Mannslüd jümmer nich weet, wat se dor eegentlik söökt. Ik glöw eder, wi Froonslüd kriegt de Hitze-wallungen, weil us Mannslüd in`n Baumaak in jeden Gang rin möt un bi jedes Regol stohn blieft un wat söökt.
De hebbt jo een Geduld dorbi!
Obwohl se jo vörher jümmer secht, se brukt bloß`n poor lüttje Nogels. Ober bi de Utwohl glieks de richtige Grööte to finnen, dat is ok jo noch so`ne Sook. Un wenn se eenmol dor sünd, denn könnt se ok glieks noch`n poor Schruben, Krampen un Hoken mitnehmen.
Un`n Schüffel, Bessen, Brear oder Liisten för`n Schuppen, de könnt se jo jümmer bruken. Ober de Brear möt ok de richtige Länge hebben. Bit de sik denn mol nor ehrn Kroom - wat se eegentlik bloß holen wullen - döraabeit hebbt, dor geiht jo`n Tiet mit up.
Un wenn du denn jümmer blangen em steihst un von

een Gang in`n annern achter em ran tüffels, un he jümmer noch nich dat Richtige finnen deiht, denn steihst di jo de Beenen in`n Buuk un di schall woll de Sweet von`n Kopp hendol neei`n. Ober ik weer nich tüümelich toweg un ik glöw, dat lichd ok nich an de Luff dor.
Nee, bi mi is dat veel slimmer." Sä Lisa.
„Ik weer dor jümmer so gnatterig bi un fang`n an to quaaken.
Lezd Mol, as dat mol woller so laang duur, bün ik in de Froonslüd-Abteilung gohn un heff mi dor ümkeeken. Ik wull dor eegentlik gor nix, ober ik harr mol andüert, ik müch mi woll so`n poor düüre nee`e Lampen kööpen. Un doo wörr he hellhörig un meen, wi kunn de schönen, oolen Lampen doch noch nich wechsmieten.
„Och, ik will jo ok bloß mol kieken!" Sä ik.
Un harrst mol sehn schullt, dat duur nich laang un he köm achter mi ran. Un he harr all aalns funnen, wat he bruken dä. Doo harr he tatsächlich Schiss, dat ik sien Geld ut`n Finster smeet un mi wat Nee`es kööpen dä. Mitünner helpt so`n lütten Trick jo bäter, as de gaanze Snackeree.
Ober üm de Luff in`n Baumaak - un dat du dor tüümelich worrn büst, dor dä ik mi an dien Steer keen Sorgen moken. Du müß eenfach mol an di sülbens dinken, un du stüürs glieks up de düern Sooken dool. Schallst mol sehn, wat he denn gau woller achter di steiht."

Mokt Politik sexy?

Lisa, dat Lästermuul sä lezd to mi: „Kennst du dat Book - Der alte Mann und das Meer?“

„Joo, dat kenn ik, ober dat is all laang her, dat ik dat leest heff.“ Anter ik ehr.

„Tschjaa, - denn schriew du nun man mol`n Book öber: De oolen Keerls un de jungen Froons!“ Grien se mi so hinterfotzig an.

„Worüm dat? Wat hett dat denn mitn`anner todaun?“ Frög ik ehr.

„Is mi eben so infull`n.“ Sä se. Un denn lech Lisa los, un se nöhm keen Blatt vör`n Mund.

„Tschjoo, - fröööher, doo begnügen de Mannslüd sik jo mit Froonslüd de in`n Öller to jem passen dän, ober dat hett sik jo gewaltig ännert. Nun möt de jo knackig, rassig un upregend wän. Dat mutt een wän, de jem de Luff to`n Jappen nimmt.

Vandoge is dat jo so, je öller de oolen Knackers sünd, je jünger weard de Froonslüd.

Dat kunnen mitünner jo ehr eegen Enkelkinner wän.

Un ob dat de Keerl von blangenan, de stinkrieke Heini, oder een von de oolen Politiker is, de von us eenfachen Lüd denn ok noch us Stimmen hebben wüllt un wi jem unbedingt wählen schüllt, dat is egol. Hauptsook is, he hett`n junge Froo an siene Siet. Denn is he good drop.

Un de oolen Politikers goht in`n Oogenblick jo ok noch mit`n gooden Bispeel vöran.

De weart natürlich ober ok jo an`n leewsten von dat junge Gemüse nohmen.

De Mannslüd könnt ruhig oolt un grau wän, n` Fettmoors, Glatze oder`n Duppelkinn hebben, dat schoort nix.
Un gediegen is dat, denn gifft dat Mannslüdvolk ok jo noch mol aalns.
Upmol mokt se Sport, goht nor`n Putzbüüdel, pleegt un kremt sik von boben bit ünnen un se schniert sik sogor de Hoor ut de Näs, wat se ok all ewig nich mehr doon hebbt.
Se weart de ierste Tiet sogor woller leistungsfähiger, un dat in jede Beziehung.
Bloß bi ehr eegen Froo nich.
Un de ierste Froo, de jem denn Puckel freeholen un de Kinner groot mokt hett, jem aalns vörn Oors sleept hett un de jeden Penn tweemol ümdreihn müß, de wunnert sik nun, dat he upmol so`n Wert up Sslipps un Krogen lecht. Wo he fröher doch jümmer in sien oole Trainingsbüx bit to`n Middageeten mit rümlööp.
Nun is dat so, as wenn de oole Gockel boben up`n Määshümpel steiht un egolwech kreeiht.
Un de jungen Froons glöwt denn ok jo, nun ward aalns anners, bloß s e könnt jem ünnerstützen. Hauptsook is ober, de Keerls stoht in`n Rampenlicht un se hebbt wat tosegen. Denn stört jem nich mol de dicke Smeerbuuk!“
„Lisa, wo snacks du eegentlik von? Is bi Jochen un di aalns in Ornung?“ Frög ik ehr.
„Tschjoo! - Oooch Helga, wat du nun woller dinks. Ik snack doch nich von Jochen un mi.
Ik heff lezd in ne Illustrierte leest, dat de oolen Geldsäck sik aal wat gaaanz Junges nehmen daut. Ik sech di, dor stoht di de Hoor to Barg.

Un frogen doo ik mi, kann dat noch Leewde wän? Dat mutt doch woll de groode Upmerksomkeit, dat Geld un de Macht moken, dat se sik so`n Oolen nehmen daut. De weet ober ok jo noch gor nich, dat se sik sülbens dat Lazarett in`t Hus holt.
Ober bloß so weard se sülbens jo ok berühmt. Un wat ik di sech, de schriewt denn noher ok noch dicke Bööker öber ehr oolen Mannslüd."

Jeder kiekt nor vörn!

Bi`n Supermark an ne Kass is ne lange Schlange un jeder kiekt nor vörn, ob dat dor nich bald wieter geiht. Ober de Lüd hebbt aal ehr`n Woogen vull packt. Dat is kort nor`n Ersten, dat hett Geld geben un werke Lüd hebbt ober jo keen Geld bi sik, de betohlt mit Korten un dat duurt denn sien Tiet. Achter us steiht`n Poor, nich mehr gaanz jung, ober noch in`n besten Öller. Ok mit`n vullen Wogen.
Un denn hört wi upmol, dat dor eener so luur achter us bölkt:
„Moooiiin!!!“ Dat singt se richtig un aal dreiht sik nor ehr üm.
De dralle Froo hett bloß een Deel in ne Hand un dat holt se liek in ne Höchde, noch öber ehr Böst hinweg, dat ok aal seeht, dat se bloß een Deel hett.
Nun kann man richtig sehn, dat aal dienken daut, ooch, de arme Froo mutt hier nun wegen een Deel solaang tööben, de möt wi jo woll vörlooten. Ober keeneen secht wat.
Un dormit fangt se ok all mit denn` Keerl, de vör ehr steiht, so richtig an to schäkern.
Se vertellt em so luur, dat dat aal mithörn könnt, dat se jümmer so fründlich is. Dat se gor nich anners kann un se smorgens in`n Bett all Troonen lachen deiht un mit singen upsteiht. Is egol wo se ok is, se snack un lach jedeen an.
De Lüd frogen ehr mitünner jo, ob se ehr kennen müssen, ober denn lach se un sä: Nee, se weer von Natur ut so.
Se sabbel un sabbel un höl ehr eene Deel jümmer noch

in ne Höchde. De Keerl, denn se dat aanls vertell, föhl sik natürlich an`n Buuk pinselt un he sä jümmer woller: Tschjoo, dat weer jo schön un dull - un wat nich aal, dat se jümmer lachen dä un dat dat jo ok nich jeder kunn un ok von Natur ut nich jeder so weer.
Siene Froo wörr dat schienbor all pienlich, dat he ehr so nor`n Snuuten snack. Se verdreeih de Oogen all, ober se leet em gewährn bit he ehr so lies frogen dä:
„Wüllt wi ehr vörlooten?"
Doo keek se em an, tipp sik mit`n Finger an`n Kopp un anter em:
„Du hess se woll nich aal!" Se grien ober nor denn` Sabbelmoors fründlich röber, pack ehrn Kroom ut un schööw denn` Wogen nöger an ne Kass.
As se buten weern, sä se to ehrn Keerl:
„Dat Froonsminsch wull di doch üm`n Finger wickeln. Hess dat gor nich markt?
Hess nich sehn, de harr doch ne groode Tasch vull blangen sik stohn, de höl bloß de een Packung in ne Luff, dat jeder dienken schull, de arme Froo, nun mutt de hier wegen een Deel so laang töben. Ober dat is ok gewiß nich dat ierste Mol wän, dat se dat mokt hett.
Un wenn se de Mannslüd Honnig üm Boart smeert un de dor up rinfallt, denn hett dat gewiß ok all fokener klappt. Hess Glück, dat ik ehr up de Schliche komen bün, anners harrs noher ok noch quaaakt. Un hess sehn, as se ehrn Willen nich kreegen hett, is ehr dat Lachen ok vergohn, doo muul se vör sik hen.
Se hett Pech hat, dat ik ehr Tasch sehn heff. Ober wenn se mi anständig frogd harr, denn harr ik ehr sicher ok noch vörlooten. Anschäääten!!!"

Aalns för de Dörblutung!

Se löppt mit Stöcker dör de Gegend, se strampelt sik bi Wind un Wear mit`n Rad aff, se geiht nor`n Sswümmen, nor`n Turnen un angeblich geiht se ok noch jeden Dag een Stün`n spazeern. Ooochso, - un Tennis speelt se ok noch.
Ik frog mi, wann mokt de ehr Betten, feudelt ehrn Flur , wischt ehr Bodezimmer, kookt ehr Eeten, sucht ehr Stuben un schruppt de Köken? Wo veel Stün`n hett ehr Dag?
„Ooch,-“ secht Hein to mi, „so genau muß dat nich nehmen! Dat mokt mien Karin aal so nebenbi, dor kann se sik nich allerweegens mit upholn. Dor hett se ok keen Tiet mehr to.
Dortau hett se schließlich jo ehr Putzfroo.
Se secht, ehr fallt dat Bücken un dat Kreepen an`ne Eer so swoor. Dat kann se nich aalns mehr sülbens moken.
Se kann ok nich good mehr mit`n Kopp an ne Eer.
Ssüh, se neeit sik bi`n Sport jo all so aff, denn kann se nich ok noch rein moken.
Un dat is ok jo nich alleen mit Sport doon. Achteran möt se jo ok mit ehr Sportsfrün`n noch mol in Ruhe fröhstücken. Oder se möt twüschendör mol`n Stück Torte hebben.
Wenn de so`n poor Stün`n ünnerweegens sünd, denn hebbt se jo ok Hunger un denn smeckt jem dat ok jo.
Un smorgens bevör wi upstoht, bringt se sik ierstmol all mit Massagen in`n Gang. Denn lichd se dor splitterfosernookt boben up ehr Bettdeek mit ehre gaanze „weibliche Schönheit“

un se rubbelt, kneart un massiert sik mit so`n schaarpe Böss ehrn gaanzen Körper von aaln Siern aff. Dat schall jo good wän gegen Falten un för de Dörblutung. Un de Stearn, wo se nich ankomen kann, dor drööf ik ehr denn rubbel un massiern.

Ssüh, - denn bün ik ok doch noch to wat to bruuken.

Un wat meenst du woll, wat dor för`n Tiet mit upgeiht. Ik kom denn ok jo to nix mehr.

Mi paßt dat jo bloß nich, dat mien Karin fröher nich up so`n Ideen komen is. Nun, in`n Öller fangt se noch mit so`n fiegelinschen Kroom an.

Se meent ober jo, se mutt wat daun, un nun hebbt wi jo beide Tiet noog.

Tschjoo, - mien Madam de nimmt sik eenfach de Tiet. Ober ik heff denn` Goarn jo ok noch, un wenn ik mi bi ehr noch so affneein mutt, denn riet ik achteran ok man keen Bööm mehr ut. De Johrn sünd vörbi!"

Hein stöhn sik bi mi ut, un ik schull em beduern. Ober mi düchd, so beduernswert weer he gor nich un sä: „Oochott, Hein, du sühst doch noch gaanz graal ut. Denn` Gefallen kanns ehr doch ok daun, dat smitt so`n oolen Casanova as du mol wän büs doch nich üm."

Hein smuustergrien.

Un ik glöw, he wull bloß mol`n tuur worr hörn, wat he fröher doch för`n Düübelskeerl wän is.

Wat is Wellness?

Gesche steiht mit ehr junge Nobersche an`n Tuun un klöönt. De beiden könnt good tohoopen un se stoht dor fookener mol.
„Du," sä Gesche lezd Doogs to ehr, „ik heff jo all veel von Wellness hört, ober wenn ik ehrlich wän schall, ik heff keen Ohnung, wat dat genau is. Vertell du mi dat doch mol."
„Tschjoo`o, -" sech de Nobersch, „dat kann ik di woll vertelln. Ik heff güstern jüst denn` gaanzen Dag Wellness mokt. Ik sech di, dor geiht masse Tiet mit up un du büs achteran kaputt as so`n Schöddeldook. Ober du föhlst di so richtig wohl, büs mit di sülbens tofrearn un hess ok noch wat Goodes för di doon."
„Na, dat hört sik doch good an. Wo büs denn wän?" Wull Gesche weeten.
„Du, - ik bün in`n Goarn wän. Ik heff Rosen meiht, Kanten sneern, Beete dörhackt, de Bloomen aal dörkeeken un utsnearn, de Terrasse schruppt un aalns up Schuss bröcht.
Jungedi, ik harr dat rein hill un mien gaanze Körper weer in Bewegung. Un achteran heff ik mi in`ne Boarwann lecht un mi verwöhnt.
Ssüh, - dat is för mi Wellness."
„Ooch du, dat kenn ik doch." Sä Gesche. „Ik meen doch dit Wellness, wo du veel Geld för betohln müß. Wo se aal von snackt un jeder, de dat all mol mokt hett, secht, du büst achteran een annern Minsch."
„Oochsoo, - tschjoo, dat is wat anners. Dorto müß ober jo mit`n Auto los.

Meistens is dat jo ok so`n feine Oase, mit feudale Rüümlichkeiten, gediegene Boarwann, bequeme Liegen, groode Spiegel un Licht, wat di jünger utsehn lett.
Ober dor bruks du sülbens jo nix to moken.
De bedeent di von boben bit ünnen un von vörn bit achtern.
Du bruks bloß in ne Boarwann oder annerweegens lingen, aal veer von di strecken un di aff un to mol ümdreihn.
Allerweegens stoht Teelichter, Rausenblöör swümmt up`n Boarwooter un een Duft ümgifft di, dat du dienks, du büs besoopen.
Dat kann ober ok von`n Prosecco komen, denn` du dor tokriegen deihst. Achteran warst du denn noch allerweegens mit Öl un Crems insmeert.
Dien` Moors müß di woll noch sülbens affwischen, wenn`e up Putt wän büs. Ober anners kanns di gohn looten.
Ob du achteran ok so tofrearn büs, as wenn du dien Goarn mokt hess, dat weet ik nich. Ik bün dor nämlich noch nich wän.
Mien Olaf secht, he stellt mi ok`n Rausenstruuk up`e Boarwann, drüppelt mi Pörfüm in`t Wooter un wenn ik will, smeert he mi ok allerweegens in.
Sogor een Buddel Sekt lett he ok noch springen. Un dat krieg ik aalns ümsünst.
Sech, wat schall ik dor denn?“

Dat arme Froonsminsch!

Se kumt de Treppen ropp pultert, as wenn dor so`n Elefant antrampeln kumt, so hört sik dat an. Een Stufe knarrt duller as de annere. Aal hört dat, jeder kiekt un luustert, wer dat nun woll is? Ober keener mag wat seggen.

Un denn steiht Margo in ne Döör.

Se puust, jappst un stöhnt, dat ehr jeder beduurt un dienkt:

Oochott, de arme Froo!

Se plumst ok forns up`n Stohl dool un ehr Snuutenwark geiht up Kommando, as so`n Moschinengewehr los un steiht nich woller still. Eben hebbt se ehr in`n Still`n noch aal beduurt un dachd, de kann jo woll nix mehr, ober nun dän se ehr an`n leewsten denn` Hals ümdreihn.

Se jammert bloß öber aal ehr Krankheiten - un öber de von ehrn Keerl.

Em geiht dat jo so slech!

Wat hett se de lezde Tiet nich aal mit em dörmokt. He hett`n Hartstillstand hat, gebrookene Rippen hett he, n`Bruch hett he hat, sitten kann he nich wegen sien Hümoriiden un mit sien Loopen is dat gor nix mehr, weil he jo so stief worrn is.

Un ehr sülbens geiht dat ok nich good!

Ehr ward aalns to veel. Dat Eeten smeckt ehr ok nich mehr. Smorgens kriegt se nix rünner, denn itt se bloß noch Hoferbree in Brühe kookt. Middogs gütt se sik ne Brühe up un dorto giff dat n`lütt Stück Stuten, un anners ernährt se sik von Kekse.

Ober dor hett se ok ehr bestimmte Sorte de annern mag se nich. Se harr vandoge ok noch nix hat un se wüß nich, ob ehr de Kaffee un Kooken smeck, oder ob ehr dat in`n Hals steeken bleew. (Se hau twee groode Stücken Torte un`n dicken Windbüüdel weg. Un no extro starken Kaffee verlang`n se ok noch, weil se jo nix hat harr).
Un dat Slimmste weer jo, se kunnen dit Johr n i ch mol verreisen!!!
Se harrn jo an`t „Swaarte Meer" wullt, ober dat harrn se affseggen müßt, weil ehr Keerl jo so krank weer.
Margo sabbel un stöhn, dat de annern Froonslüd gor nich to Woart kömen, de Snoodertasch höl nich ehr Muul!
Bit Lore, de annertiet kum mol wat secht, sik luuthals dörsetten dä un sä:
„Meiin Zeiit Margo, mi düchd, so beduurnswert büs du noch gor nich. Wat mit dien Keerl is, dat deiht mi jo Leed, ober de will woll noch woller dörgröönen. Un d u schullst di man sülbens mol een ornlikt Fröhstück moken.
Gün`n di doch mol`n Ei! Un to`n Middag kooks di mol`n schönen Eintopf. Schallst mol sehn, denn warst ok woller bäter toweeg."
Lore harr ehr tatsächlich to`n Swiegen brocht. Un endlich kömen mol aal woller to Woart!

Een schwieriget Öller!

De lüttje Anne - (Mudder düchd, se is noch lütt,) - is mit sik sülbens nich mehr tofrearn.
Se is in`n slecht Öller.
Se speelt nich mehr mit ehr Poppen, ehr Poppenwogen steiht eenerweegens in ne Eck un ward nich mehr beacht, ober trennen kann se sik dor ok nich von.
Mit Teddy ward nich mehr öffentlich schmust, ober he liegt noch bi ehr in`n Bett.
Ehr Mama vertellt se ehr Geheemnise ok bloß noch, wenn se dor anners gor nich mit fertig weern kann. Un bi Papa up`n Schoot sitten, dat geiht öberhaupt nich mehr.
An Papa dor krüppt se bloß noch dichd ran, wenn se krank is, wenn se denn` Ssnööf kriegt un sik düchdig verköölt hett. Denn sitt se bi Papa up`n Schoot. Denn will se mit em kuscheln un se brukt Trost von em.
Un Papa secht denn to siene Seute: „Tschjaa, - nun kums du woller ankroopen, steek mi bloß nich an. Na, denn kum her du lüttje Schietoors!"
Un Papa strookelt ehr un em is schietegol, ob he denn` Ssnööf kriegen deiht oder nich.
Wenn Anne dat denn ober woller bäter geiht, denn is aalns worr bi`n Oolen.
In`n Boarzimmer ward de Dööer nun affslooten, dor möt de Öllern sik ok ierst an gewöhnen.
Un dat Duschwooter löppt mitünner stünenlang. Dor kann Papa ruhig gegen de Dööer donnern, dat hört se nich. Ehr Zimmer rüümt se bloß up, wenn se nich ehr liekut pedden kann un nich mehr rin Bett kumt. Un de

Staubsuuger ward eenfach bloß anstellt, de schall gefälligst von alleen dör`n Zimmer loopen.
Wenn se Mama bi`n Affwaschen helpen mutt un se keen Luss mehr dortau hett, denn kann dat angohn, dat ehr denn eenfach mol`n Teller so ut de Hand fallt un - bums! - tweei an ne Eer lichd. Un wenn Mama sik denn verjoogen deiht un ehr wat utschimp, denn lacht ehr Deern so free von Harten, dat Mama ok nich anners kann un in ne Reeg mit ehr lacht un so uphörn deiht to schimpen.
Anschließend nimmt se ehr Mama denn fass in`n Arm un secht:
„Soo, - denn` Teller bruks du nun dien Leewdag nie woller afftowaschen. Is dat nich schön?"
Bloß, wenn se soobens in Bett lichd un Mama ehr frogd: „Hess du di ok wuschen? Ok dien Fööt? Oder schall ik de mol reiken???"
Denn freut se sik, dat Mama noch bi ehr an`n Bett kumt, se sik noch mol üm ehr kümmert un ehr goode Naach wünscht.
Tschjoo, - ober anners, pubertiert de lüttje Anne gewaltig vör sik hen. Un dat kann jo noch duurn, bit se dor mit dör is...

Oma is ok mol jung wän -

un se wull ok mol nor`n Bremer Freemaak!
Ok, wenn se up`n Dörpen wohnen dä, noch nie in Bremen wän weer un se sik nich vörstellen kunn, wat dor los weer, wull se dat doch ok`n tuur miterleben.
Domols, as Oma noch jung un frisch verliebt weer.
Dat weer to de Tiet, as dat noch keen Fernsehn geew, man sik nich eenfach in sien Auto setten kunn, weil man keen harr un de Busse ok noch nich nor Bremen föhrn.
Man wüß bloß von`n Verteln, wat dor so affgüng`n.
Jedenfalls Oma wüß domols nix.
To de Tiet weer de Wilt noch lüttjer.
Dat lear se aalns ierst kennen, as se sik in Opa verknallt harr un de mit`n Motorrad allerweegens mit ehr hinföhrn dä.
Ober domols geew dat ok noch nich so`n dulle Motorradkluft as vandoge. Jeder töög dat an, wat he in`n Schapp harr. Keen Minsch harr domols all ne Ledderjack oder Helme.
Un de Froonslüd drögen ok noch keen lange Büxen.
Dat weer doo noch nich modern.
Nee, - de Mannslüd föhrn in`n Mantel, wenn se een harrn - un de Froonslüd in`n Rock oder Kleed. Un dor töögen se ne Jack röber. Ober fein moken dän se sik domols ok all.
Un as Oma mit Opa up`n Motorrad nor`n Bremer Freemaak wull, do mök Oma sik gaanz fein. Se harr to Verlobung jüst`n nee`et Kleed kreegen. Un dat töög se an.
Mit ehr Hackenschoh un dat nee`e Plisseekleed sett se

sik bi ehrn Brögam - se harr em fass ümklammert - up`t Motorrad un denn güng`n dat nor`n Bremer Freemaak. Dat weer denn Dag ober tämlich koolt un dorüm müß se ünnenrüm jo wat mehr anteehn.
Se harr sik domols extro för so`ne Utflüg een dicke warme Ünnerbüx ut Schoopwull knütt. Mit`n bäten längere Been - un de se bit ünner de Böös hochteehn kunn. Se wull jo nich frearn, ok nich bin Karussel föhrn. Un Oma wull allerweegens rin!
Oochott!!! Wat geew dat dor aalns tosehn!
Dor geew dat domols so`n Loopband, wo de Wind von ünnen hochpuussen dä, de Froonslüd denn de Hoot von`n Kopp flöög, dat Hoor dör`nanner weeih un jem de Rock öbern Kopp tohoopen sslöög.
Dor wull Opa ober nich mit ehr ropp. Oma puch man solaang, bit se dor ropp köm.
Un as se mit ehr Plisseekleed öber de Roste güng`n, geew dat Mannsminsch, wat an de Kass seeht, sien Moschin so richtig Zunder, dat ehr de Rock öbern Kopp tohoopen weih. He leet dat Loopband sogor gaanz langsom loopen, dat de Tokiekers ok ornlik wat to Lachen harrn.
Un dor stün Oma nun in ehr sülbensgeknütte Schoopwullünnerbüx! Se wüß nich, wat se toierst fassholen schull, ehrn Hoot oder ehrn Rock.
Dat puuus un weeih allerweegens!
As se endlich aalns öberstohn harr, doo bölk ehr eener to: „Friedooo, - tokum Mol tühst di ober ne annere Ünnerbüx an!!!“
Meiin Zeiit! Nun harr ehr hier in Bremen ok noch eener kennt. Se dreih sik vörsichtig üm un se sehg ehrn oolen

Brögam, de ehr so fiegelinsch anlachen dä.
Doo smeet Friedo ehrn Kopp in`n Nacken, steek em de Tungen rut un sä: „Kleei mi doch an`n Moors!“

De Moors mutt warm wän!

„Wenn de Moors warm is, denn sünd de Fööt ok warm.“ Dat is Friedo ehr Snack.
Tschjoo, - Friedo hett ehr Schoopwullünnerbüx laang hat un ok jümmer woller giern antoogen. Sogor, as se all laang verheirot weer, leeg de jümmer noch in ehr Komaude.
Se hett de noher ober doch nich mehr so fooken brukt, weil se nich mehr so veel mit`n Motorrad ünnerweegens wän sünd.
Se kunn sik dor man bloß slech von trennen.
Friedo hett denn ok all tämlich fröh ehrn Führerschien mokt. Un doo hett dat nich mehr laang duurt un se hebbt sik ehrn VWBus köwt. De Linjenbus föhr to de Tiet jo noch nich allerweegens - un dorüm hett Friedo fooken de Lüd bi jem ut`n Dörpen föhrt.
Wenn de eenerweegens hin wulln un se anners keen Gelegenheit harrn dorhin to komen, denn wörr Friedo frogd. Un de föhr jem denn.
Se stün sogor Nachts up un hol de Lüd ok woller aff, de se nor`n Geburtsdag oder nor Hochtiet hinbrocht harr. Se föhr ober ok mit jem to`n Inkööpen nor Dodenhof, oder nor Bremen. Oder se mok lüttje Utflüg nor`n Oolen Lan`n, oder ok nor Bremerhoben.
De oole Hemmann Dodenhof hett ehr domols sogor mol`n schönen Stoff för`n Kostüm schunken, weil se jümmer mit`n vullen Bus Froonslüd kömen, de dor denn aal bi jem inkööpen dän. Domols wörr Friedo dor sogor von`n Chef persönlich mit Handslaag begrüßt.
Dat weern noch Tieden!

Ehr mok dat bannig Spooß, wenn se ehrn Bus vull Wieber harr. Se kunn düchdig snacken un de Dörpslüd freun sik, wenn Friedo an`n Stüür seeht un mit jem losföhr. Denn geew dat jümmer düchdig wat to Lachen.
Wenn Friedo mit jem an`n Wooter nor Bremerhoben, oder an`n Diek föhrn dä, wo dat koolt weer, denn kreeg se ehr warme Ünnerbüx ut`n Schapp un töög de an. De hööl ehr warm.
Se wull jo nich frearn, un krank weern dröff se ok jo nich. Se harr jo Familje.
As se eenmol sobends nor Hus köm, seeht ehr lüttje fiefjährige Dierk all up`n Flur un tööw up sien Mama. Dat geew jo so veel, wat he ehr vertelln müß. He lööp ok jümmer achter ehr ran. Ok, as se sik wat uttehn dä, sett he sik blangen ehr hin. Un as de Lüttje ehr dicke, stiewe, griesgraue Schoopwullünnerbüx sehg, doo kreeg he gaanz groode Oogen, keek sien Mama jümmer woller an un upmol bölk he luur dör`t gaanze Hus:
„Papa!!! Papa, kum gau mol her! Us Mama hett`n Ledderbüx an!!!"
Tschja, - dat hett Friedo in aal de Johrn nich vergeeten.
Nun is se öber achtzig Johr oolt.
De Ünnerbüx hett se jo nich mehr, ober mit ehr Geschichten, dor kann se jümmer noch gaanze Gesellschaften ünnerholen.

Schöörten heff ik noog!

Vergohn Sommer, dat is woll so Ende August wän, weern mien Keerl un ik in so`n groot Inkoopszenter. Wi streeben hier un dor so`n bäten rüm, keeken allerweegens, ober wi söchen ok nix Besonneres. Upmol stoht wi in ne Drogerie.

„Ooch, wenn wi nun jüst hier sünd, denn nehm ik forns n`bäten Nivea Crem mit, de brukt wi jo jümmer."

Wi loot us Tiet, holt noch so eenige lüttje Deele - un seht, dat dor noch n`Poor in us Öller rümstreeben deiht. De beiden harrn sik inhookt, ok woll deswegen, weil se sik nich verlearn wulln. Dat is jo gau to in so`n Gedränge.

Upmol lett de Froo ehrn Keerl badds stohn, stüert up de düüre Eck to, wo booben öber groot „Chanel" - steiht un se geiht dor liek up dool.

„Ssüüh", - sä ik to mien Keerl, „de will keen Nivea Crem kööpen, de hett wat anners in`n Kopp."

Un doo hört wi ok all, dat se to de Verkööpersche secht: „Ik harr giern Chanel Nr. 5!"

De Verköpersche keek ehr so`n bäten verdutzt an un frög, wat dat denn wän schull? Se meen doch sicher nich dat düere Parfüm?

„Doch, doch! - Ik meen schon dat düere Parfüm. Wiest Se mi dat man mol un denn geewt Se mi man de lüttje Packung!"

As se denn Pries hör, stutz se so`n bäten, meen denn ober, dat weer jo`n bäten düer, ober man to!

De Verkööpersche frög ehr noch, ob se dat as Geschenk inpacken schull?

„Nee wat!“ sä de Froo, „dat deiht nich nödig. Dat mokt mien Keerl all sülbens. Oder hebbt se all Wiehnachtspapier hier?“
Nee, Wiehnachtspapier harrn se noch nich. Dat weer jo ok noch`n bäten fröh.
„Wüllt Se dat denn för sik sülbens hebben? Ik dach, dat schull villich een Geschink för ehr Dochder oder Swiegerdochder wän?“
De Verköpersche kreeg ehrn Mund gor nich woller dichd, as de Froo sä:
„Nee! Nee! Dat is för mi sülbens. Dat schienkt mien Keerl mi to Wiehnachten!“
„Ooooch sooo, - ober betohlen wüllt Se dat sülbens?“ Köm de Frog.
„Neee, - ober ik lech dat ierstmol ut un versteek dat denn bit Wiehnachten. Un denn kann h e mi dat inpakken. Un dat Gild, dat knööp ik em schon woller aff. Ober wenn ik dat nun all mitnehmen doo, denn bün ik mi wenigstens sicher, dat ik keen Schöörten, Pralinen oder`n Nachrock krieg. Dor heff ik nämlich noog von.“
De Verkööpersche lach un meen, denn schull ehr Keerl dat man nich to good versteeken, anners fün`n he dat to Wiehnachten gor nich woller.
„Wat glöwt Se woll, dat versteek ik sülbens!“ Weer de Antwoart.
„Ssüüh, -“ sä ik to mien Keerl, „d a t Froonsminsch weet, wat se will. De hett denn Bogen rut. Dor schull ik mi ok man mol`n Bispill an nehmen. To, - kanns mi mol eben Geld leehnen? Ik heff jüst nich so veel bi mi!
Un de Nivea Crem, de heff i k jo all betohlt...“.

Wiehnachten nor Karken?

Wi weern knapp een Johr verheirot, harrn us ne lüttje schöne Wohnung inricht un weern glücklich un tofrearn. Wi harrn Köken, Stuuv, Komer, n`lüttje Dusche un wi wohnen to Miete. Bi us stün noch keen Auto vör de Döör un wi harrn ok noch keenen Fernseher, oder ne Stereoanloog. Keen Waschmoschin, Köhlschaap oder Telefon, nee, nich mol Heizung. Wi sleepen de Köhlen ut`n Keller.

Telefoniern dän wi von de Telefonzelle ut an ne Hauptstrooten. Un de Wäsche wörr in`n grooten Ketel in ne Waschköken wuschen. Een Schleuder harr ik ok noch nich, dat wörr mit de Han`n utwrungen. Ober us düchd, wi weern för usen Geldbüüdel un us Verhältnise all gaanz good inricht.

To de Tiet weern de Wünsche aal noch lütter un bescheidener.

Groode Wünsche kunnen wi us ober ok noch nich erfüllen. To Wiehnachten geew dat woll`n good Eeten, ober anners wörr bloß dat köwt, wat unbedingt nödig weer.

Wi harrn beslooten, an`n Heiligobend wulln wi beiden dat ierste Mol gemeensom tohoopen nor Karken gohn. Wi harrn vörher jo noch nich tohoopen wohnt. Dat weer domols in ne föffdige Johrn jo undienkbor, dat man all vörher tohoopen leben dä, wenn man nich verheirot weer. Un dorüm geneeten wi, dat wi alleen weern.

Up us ierste gemeensome Wiehnachtsfest freun wi us wi lüttje Kinner, un wi seeten Hand in Hand in de vulle Karken.

Un denn füng`n de Pastoor an to predigen. He wörr jümmer luurder.
Tolezd bölk he richtig von`e Kanzel - up us un aal sien Schäfchen - hendol, dat wi nich jümmer an us sülbens dienken schulln. Wi leeben hier in Suus un Bruus in Dütschland, geben dat Geld mit vulle Han`n ut un wi schull`n us wat schoomen, dat wi nich mehr spenden dän. He donner dat so richtig von`e Kanzel up us hendol.
Wi schulln leewer an de armen Länder dienken, mol ornlik in usen Geldbüüdel langen un spenden, spenden, spenden!
As de Karken endlich vörbi weer, sünd wi bedrabbelt nor Hus gohn.
De Pastoor harr us tatsächlich denn` Heiligobend verdorben.
Us düchd, soo good güng`n us dat ok jo noch nich, dat wi all sooo veel in`n Klingelbüüdel smieten kunnen.
Bither harrn wi jümmer jeden Penn tweemol ümdreiht, bevör wi em eenmol utgeben harrn.
Un nun wörrn wi von`e Kanzel hendol so beschimpt.
Dat hett Johre duurt, bit wi an`n Wiehnachten worr nor Karken gohn sünd. Un dat weer een Erlebnis, wat wi bit vandoge nich vergeeten hebbt. Un de Pastoor, de hett us verdammt laang in`n Mogen leegen. To`n Glück hett sik dor ober ok jo veel verännert.
De Pastoorn sünd vandoge ok jo nich mehr dat, wofför se sik fröher mol hol`n hebbt.

Wie veel Programme hett he?

Heiko hett sik`n nee`n Fernseher köwt. So`n düern Flachbildschirm mit so veel Progamme, dat he, wenn he de soobens nor Fierobend eenmol dörzappt hett, eegentlik all nor`n Bett mutt, weil he dr smorgens ok fröh woller rut mutt. Ober he wull giern so een hebben, wo he aalns up kriegen kann. Man mutt jo informiert wän un mitsnacken können. Sien Kumpels up de Aabeit hebbt ok dat neeste Model.

Heiko harr good Wiehnachtsgeld kreegen un dat wull he nun dorför utgeben. Dor harr de gaanze Familje denn ok jo wat von.

Un Heiligobend schull de as Öberraschung ünnern Wiehnachtsboom stohn. So harr Heiko dat plont.

He hol denn` Apperot sülbens aff, leet`n so laang in`n Auto stohn un he slepp denn ok sülbens in`ne Wohnung. Dat kunn he aalns alleen, dor bruk he keen Fachmann to.

As obens de Stuuv oopenslooten wörr, stün dor`n grooten Karton mitten in`n Zimmer un de gaanze Familje füll öber denn` Karton her. Aal wull`n bi`n utpacken helpen. De Kinner güng`n dat veel to langsom, Mudder luur mit`n Eeten - se harr denn` Disch so fein deckt, ober dat wörr gor nich beacht. Un Vadder harr dor noog mit todoon, dat bloß keener ne Schramm an sien Schmuckstück moken dä. De Kinner wörrn dor all quaakig bi.

Se wulln nun endlich kieken un nich so laang utpacken. „Papa mok tau!“ Dat kreeg he aal Oogenblick to hörn. Ober Papa leet sik Tiet. He freu sik öber dat schöne

Stück un he strookel sien nee`n Fernseher fookener as sien Froo.
De wörr ober ok all ungeduldig. Se wull`n ierst an`n Disch.
„Tschjaa`a, good, - denn eet wi ierst, un ik stell anschließend de Progamme in." Knurr Heiko. He weer dor giern bi bleeben, un he kreeg ok all so`n gnatterigen Ton in sien Stimm. Mama wull an`n Heiligobend ober keenen Striet hebben un se snack aalns woller glatt.
Dat güng`n ok ne Tiet good, ober Vadder schallt - un schallt, he hör nix un he seehg nix.
Froo un Kinner exestiern gor nich.
De Kinner rööpen twüschendör mol: „Papa, loot mol an, dat is doch good!"
Ober Papa programmier wieter. Een Sender nor`n annern. He bewunner dat Bild, denn` Ton un öberhaupt, weer he begeistert von sien nee`n Apperot.
Snackt, speelt un sungen wörr dit Johr öberhaupt nich, dat güng`n jo nich. Un dorüm güng`n de Kinner freewillig nor`n Bett. Sien Froo sä ok nix, se keek sik dat noch`n Tiet mit an, ober as Heiko viddel vör Twölf noch sien Kollegen anroopen wull, weil he denn` Beate-Uhse-Kanol nich finnen kunn, un de Kolleg jo good Bescheed wüß, doo reet ehr de Geduldsfoden. Se erklear ehrn Heiko för verrückt, knall de Döör dichd un güng`n nor`n Bett.
Halw dree hör se em nor`n Bett komen, ober se dä, as wenn se slööp.
Dat weer Heiligobend 2009.
Good, dat dat nich jedes Johr een nee`n Fernseher gifft.

An`n Heiligobend!

De oole Froo sitt an`n Finster un kiekt de Strooten langs. Ehr Hannen liegt tohoopenfalt - wi to`n Gebet in ehrn Schoot - un man weet nich, ob se beart, oder ob se grübeln deiht.
Mitünner grummelt se sik wat in`n Boart, oder se snackt lies mit sik sülbens. Villich mokt se dat ok bloß, üm mol ehr Stimm tohörn. Se is veel alleen un dat kumt vör, dat ehr Stimm ehr denn nich mehr so richtig gehorchen will. Un dorüm snackt se aff un an all mol mit sik sülbens. Oder, wenn se gaanz good toweeg is, denn singt se ok mol`n Leed.
Se sitt veel an`n Finster un kiek ut, dor giff dat jümmer wat to Kieken un dat lenkt ehr von ehr düstern Gedanken aff. Se frogd sik in lezde Tiet fooken, wat ut ehr wearn schall, wenn se mol nix mehr kunn?
Ober se kiekt ok giern nor de Nobers ut, de dor dichd an ehr Finster vörbigoht, denn winkt se jem un se freut sik, dat de mol eben bi ehr rinkiekt.
Ober vandoge is Heiligobend, dor iilt jeder gau vörbi un will nor Hus. Dor hett keener mehr Tiet to`n Snacken.
Se hett ehr nee`e Kleed all vör Stünnen antoogen. Se luurt up ehrn Jungen, de ehr affholen will. Ehr Kinner wüllt, dat se Wiehnachten nich alleen sitt. Ober de Jung`n kumt un kumt nich. Dor is jo woll nix passeert? Jüst vandoge an`n Wiehnachten? Schütt ehr dat dör`n Kopp.
De harr jo laang hier wän müßt, un bilütten krüppt de Angss in ehr hoch. Dat is all schummrig worrn un de

Autos, de dor de gaanze Tiet langsuut sünd, weard nun ok all weniger.
De oole Froo süht dat woll aalns, ober se kiekt bloß nor ehrn Jungen ut. Eegentlik wörr se jo veel leewer in ehr eegen veer Wan`n blieben, ober dor wüllt de Kinner man nix von weeten.
Se sülbens is laang mit sik in`n Reinen un se hööpt, dat de leewe Gott nun bald een Insehn mit ehr hett un he ehr ok röppt. Wenn de Angss un ehr Sorgen to grood weard, denn dienkt se fooken: Dat mutt nun komen, as dat kumt.
In Gedanken is se veel bi ehr Öllern, bi ehrn Keerl un bi aal de, de all vör ehr gohn sünd.
Ehr gaanze Leben tüht in Gedanken - as so`n Film - an ehr vörbi. Un denn scheet ehr de swoorn Johrn jümmer woller dör`n Kopp, as ehr Vadder noch in`n Krieg weer un Mudder mit aal ehr Kinner aalns alleen dörstohn müß. Up wat harrn se aalns verzichten müßt.
Se dienkt ok an ehr Geschwister. Wi fein harrn se tohoopen sungen an`n Heiligobend un üm de Wiehnachtstiet. De schönsten Johrn in ehr Leben wearn ober wän, as se mit ehrn Keerl un mit ehr eegen Kinner Wiehnachten fiert harr. Wat weer dat doch jümmer för ne Freude in`n Hus wän un wat harrn se dat gemütlich hat. Ok, wenn se ehr Kinner nich jeden Wunsch erfüllen kunnen, ober se weern jümmer aal tofrearn wän.
Nun weer ober jo aalns anners. Nun, wo se alleen weer. De oole Froo dor an ehr Stubenfinster, sehn sik nor Ruhe. Se weer soo mööd, eenfach mööd un se wull bloß noch sloopen.
Se bear noch mol dat Vaterunser un slööp dor so in

ehrn Sessel in. Se hör ok nich mehr, as ehr Jungen blangen ehr stün un jümmer nor ehr rööp.
De oole Froo wear gaanz lies insloopen.

De nee`e Pastoor!

De lüttje Gemeende in denn oolen Landkreis hett`n nee`en Pastoorn kreegen.
Un wat för eenen!
He is groot, schlank, hett`n Figur as so`n Sportler, düstere Hoor un he süht ut as so`n Hollywoodstar. Predigen kann he düchdig - un wat keen Minsch dachd harr, he snackt ok noch perfekt Plattdütsch.
Dat de Froonslüd hin un weg von em sünd, dat is doch kloar.
Sowat hebbt se sik dor bi jem up`n Dörpen all laang mol wünscht. Un dat schient nun ok endlich de Richtige to wän un aal freut sik, dat de Oole sik to Ruhe sett hett. (Dat secht bloß keener so dütlich).
Nun is de Karken woller vull, un de Oolen un de Jungen hebbt em sowieso forns in`t Hart slooten. Alleen all von sien Utsehn un Uptrearn her. He kann jem aal üm`n Finger wickeln.
He brukt bloß antokünnen, dat in ne Gemeende wat los is, egol, wat dat is, denn smiet de Froonslüd sik in Schale, loot aalns stohn un lingen, sett sik in`t Auto un suust los.
Egol wohin!
Denn folgt se denn` Ruf des Herrn!
Un he röppt jem fooken. He hett veel vör.
He weet ober ok, wenn he de Froonslüd achter sik hett, denn könnt de Keerls sik up`n Kopp stelln, dat nützt jem nix. Denn ward dat so mokt, as de Pastoor dat secht.
So hebbt de Mannslüd dor uten Dörpen mi dat jedenfalls vertellt.

Dat heet ober nich, dat de Keerls nich mit em inverstohn sünd. Nee`e so is dat nich.
Dat geiht dor nun aallns lejear to. He duzt jem aal un to em secht ok keen Minsch:
„Herr Pastoor“. Se snackt em eenfach mit sien Vörnomen, oder Tonomen an. Alleen dat, weer fröher jo all undienkbor wän.
Wi müssen as Kinner jo noch`n Knicks moken, wenn wi usen Pastoorn öbern Weg lööpen. Ober meistens moken wi ok jo`n grooten Bogen üm em, wenn wi em von wieden sehn dän.
To mien Kinnertiet weer de Pastor jo noch ne Respektsperson.
Mien Keerl un ik hebbt vergohn Johr mol so`n groode Fier mitmokt, wo de Pastoor ok inloarn weer. He hett ober keen Predig holn, - nee, - he hett vertellt. Aal hörn to, keeneen seeht dor un döös vör sik hen, aal strohlen em an un wenn dat wat to`n Lachen geew, denn köm richtig Stimmung up. Un dat bi`n Pastoorn!
Un as so`n poor dralle Froonslüd up de Bühne kömen, dor düchdig Witze reeten, ut oole Tieden verteIln un sogor mit Oma ehrn grooten Schinkenbüüdel rümwedeln dän - un ehrn eegen lütten Tanga dor blang`n höln, denn se sik ut ehr Bööstaschen von ehr Blus töögen, doo bün ik upstohn un heff keeken, wat de Pastoor förn Gesicht moken dä.
Un ik sech Jau, he lach ut vullen Hals in`ne Reeg mit!
Us oole Pastoor, de harr us fröher affkanzelt, dat us Hören un Sehen vergohn weer. De bölk all von`e Kanzel hendool, wenn wi bloß mol`n Bonschen in`n Mund steeken.

Tschja, - so geiht dat nun ok. Aallns hett siene Tiet.
Dat Bearn, dat Singen, dat Danzen - un dat Lachen. Un ik kann de Froonslüd good verstohn, dat se aallns hinsmiet, wenn de nee`e Pastoor nor jem röppt.

Weeke Knien!

„Ich taaanze mit dir in den Himmel hinein..."
Wenn ik d a t Leed hör, denn krieg ik weeke Knien.
Ik vergeet mi un ssmüllt eenfach weg. Denn bün ik woller de junge Helga. Mi fehlt nix, ik bün verleevt bit öber beide Ohrn un schweew man so öber`t Parkett.
Mien Danzkleed weiht mi üm de blooten Been, de Fööt find`t gaanz von sülbens de richtigen Schrear in Takt.
Un - dat is Föhrjohr!
Ik kiek e m deep in ne Oogen un ik bün mi sicher, ik lan`n mit em ohne Ümweg, direkt in`n söövten Himmel.
Ooooh, wat weern wi jung, as wi dat Leed sungen un dorno danzt hebbt.
Wat weern dat för schöne Johrn!
Denn hett dat jo mol ne gaanze Tiet geben, doo hör man dat Leed öberhaupt nich mehr.
Un wenn man sik dat denn mol eenerweegens bi`n Danzen wünschen dä, denn weer man jo glieks ooltmoodsch.
Un nun mutt dor no aal de Johrn, ierst de Holländer André Rieu mit sien Orchester komen, un us de schönen oolen Melodien woller in Erinnerung bringen.
Nun, no aal de Johrn!
Wo us de Knooken stief weert, us de Been anschwillt, us Fööten in Puuschen sslaart un nich mehr in de Danzschoh paßt, un wi ok jo nich mehr in Übung sünd.
Ober, e m, denn` du domols so anhimmelt - un ok jo kreegen hest - un denn` du no so veele Johrn jo in-un utwennig kennen deihst, dat du genau weest, wi he tickt. Denn` müß nun ierstmol so wiet kriegen, dat he

von`n Sofo hoch kummt. Sien Glas Rotwien ut de Hand stellt un mol mit di danzt. Oder tominst mit di schunkeln deiht, wenn André Rieu sien schönsten Melodien speelt.
Ober, dat is man nich so eenfach.
E m müß nun ok all vörher mol ornlik kniepen, wenn du noch wat von em wullt, anners kriegt he sien Moors nich mehr hoch. Un du kriegst em ok nich in`n Gang`n. Nun sitt he blang`n di un nickkoppt höchstens noch mit`n Kopp in`n Takt.
Tschja, - aalns is anners worrn mit de Johrn. Nix is mehr so as fröher.
Dat lett sik ober ok jo nich good up so`n dicken Teppich danzen. Secht he.
De Been sünd gau lohm. Ober h e weet ok jo, du neihst dr em nun nich mehr so gau ut.
Un anners is jo ok keener dor, de mit di danzen will un di mol upfordern deiht.
Tschjoo, de Tieden sünd slechter worrn, ober se sünd ok nich mehr so unruhig.
Un - dröömen un wechssmüllten - dröft wi jo jümmer noch. Ok in u s Öller.
Un wenn „Dien Droommann" nun Silvester ok blang`n Di up`n Sofo seeten - un in`n Takt nickkoppt hett, denn freu di man, dat he dat noch doon hett un he di nich inssloopen is.
Du kenns dat jo un weest sicher ok, dat is gau to.
Un wäs man dankbor, dat du em noch hess un oolt mit em worrn büst.

He is ok nich mehr de Jüngste!

He sloort öbern Hoff, geiht as so`n oolen Keerl un wenn man nich wüß, dat he jüst neegenuntwintig worrn is, denn kunn man dienken: Oochott, de arme Keerl mutt sik ok noch jümmer bi de Aabeit affneein.
Dat weer ok bäter, wenn de nun bald sien Rente kreeg.
Ober, wenn du nööger an em ran kums, denn sühst du, dat he noch`n jungen Snöösel is.
Un di schütt dör`n Kopp: Meiin Zeiit, - denn könnt se jo de Schooh bi`n Loopen besohlen.
So lohmoorschig slaart he dör de Gegend.
So geiht nich mol`n achtzigjährigen Keerl, de wat up sik holt. De lett sik nich so gohn.
De süht to, dat he noch mit öberweg kummt.
Un disse junge Keerl de secht nun, vör fief Johr weer he ok noch flinker up de Been wän.
Ober nun kann he marken, dat he doch all in de Johrn kumt. Sien Been un - sien gaanze Körper will nich mehr so, as he schall.
He geiht nun stramm up de Döördig to un he glöwt nich, dat dat noch worr bäter mit em ward.
De Kollegen seeht dat etwas anners, de mööt nämlich jümmer Muddelmoors (so secht se to em, wenn he dat nich hört) sien Aabeit mitmoken, wenn he so stöhnt un de Fööt nich hoch kriegen kann.
Wat sien Froo is, de hett dat ok nich lichd mit em. Se sülbens is so`n fixe düchdige Froo, de noch good üm de Ecken kann, fass uppett un sik dörsett. Bloß in ehrn Mieselpriem dor sitt keen Trieb in. De kumt vörn un achtern nich hoch.

Un wenn sik dat nich bald ännert, denn mutt he mit dat Slimmste reeken.
Nor so`n flotte Froo, dor dreiht sik ok noch annere Mannslüd üm.
Se hett sogor all mol heemlich sien Chef anroopen, dat de em mol Been moken - un ünner Druck setten schull.
Ober dat geiht denn so`n poor Doog good, un he fallt in sien oolen Trott woller trüch.
Nun hett Swiegermudder sik dor mol achter klemmt, hett sik em mol to Böös nohmen un`n Machtwoart snackt.
Wat se to em secht hett, dat weet keener. Ober, in`n Oogenblick löppt de junge Keerl as so`n Tüüt dör de Gegend, un he kriegt sien Fööt un sien`n Moors ok bäter woller hoch.
He kümmert sik ok mehr worr üm sien junge Froo. Mitünner grient he sogor mol.
Un sien junge Froo süht gaanz tofrearn ut.
Nun geih`t upmol!
Swiegermütter hebbt jo nich denn` besten Ruf un se schööt sik jo ok narms inmischen.
Ober wenn`t doch helpt, denn sünd se mitünner jo doch noch to bruken.
Dat gifft so`n schönen Spruch, dor heet dat:
Wer ok bloß een slecht Woart öber mien Swiegermudder secht, de kriegt dat mit mi todaun.
De mutt ehr mitnehmen!
Ssüh, - dat secht doch aallns. Un so dienkt de Minschheit öber us Swiegermütter.

De schönste Regenbogen!

Hertha is`n goode achzig Johr oolt un se is gaanz krank. Dat geiht nich mehr, dat se noch alleen in ehr Wohnung is, un dorüm is de öllste Deern nor ehr Mudder hintoogen un hett de Pleeg öbernohmen. Wie dat mol wiedergohn schall, dat möt se sehn. Hertha is ehr Deern ok dankbor, för aalns dat, wat se för ehr deiht. Se hebbt sik jümmer good verstohn un dorüm weer dat för de Deern selbstverständlich, dat se ehr Mudder nun bisteiht.
Se snackt veel tohoopen un Hertha vertellt ehr Deern noch aalns, wat se up`n Harten hett. Veeles giff dat noch, wo viellich noch nie öber snackt worrn is un wat Hertha giern noch loswearn will. Se vertellt ut ehr Jugend, von Oma un Opa, von ehr Öllern, ober ok von`n Krieg, denn se jo noch miterleewt hett.
Ehr Deern wunnert sik jümmer woller, wat ehr Mudder noch aanls weet un wi kloor se noch in`n Kopp is. Oole Gedichte un Leeder de se mol in`ne School leart hett, de kann se noch aal ut`n Kopp upseggen. De beiden snackt, singt un lacht veel tohoopen. So, as weer noch aalns bi`n Oolen. Un se geneet de Tiet, de se noch tohoopen hebbt.
Ober dat giff`t ok jümmer woller Dooge, wo Mudder nich so good toweege is un wo se beide weet, dat jem bloß noch ne korte Tiet tohoopen blifft.
Veeles hebbt Mudder un Dochder jo ok gemeensom. Mudder hett all jümmer markt, wenn dat Wear ümssleit. Un ok ehr Deern sitt jedes Gewitter, wat in`n Kommen is, in`ne Knooken.
As de beiden mol tohoopen seeten un dat so`n warmen

Dag mit Sünnschien un Regen weer, doo sä de Deern: „Dor steiht gewiß eenerweegens een Regenbogen an`n Himmel. Dat mark ik an de Luff.“
„Oooch, - du jümmer mit dien Regenbogen! Dor harrst du dat as Kind all jümmer mit.“
„Mutti, wöt wi mol wetten, dat ik rech heff?“
De Deern güng`n an`t Stubenfinster, ober dor weer nix tosehn. Un Mudder grien all vör sik hin. Denn güng`n se up de anner Siet von de Wohnung - un dor, dor stün`n woll de gröötste, schönste un farbenprächtigste Regenbogen, denn se jemols an`n Himmel sehn harr. De güng`n so richtig kräftig deep, bit an de Eer hindol.
„Mutti, kum doch bloß mol her! Dat m ü ß du sehn. So wat hess du gewiss dien Leewdag noch nich sehn!“
Hertha köm so langsom an, stell sik blangn ehr Deern an`n Finster, lech ehr de een Hand up`e Schuller un mit de annere söch se de Hand von ehr Deern. So stün de beiden - ohn`n een Woart to seggen still blangen`anner, bekeeken denn` schönsten Regenbogen denn` se jemols sehn harrn un se wüssen in denn` Oogenblick beide, dat se so wat Schönes woll nie woller tohoopen erleben wörrn.
Dat weer een Erlebnis, wat de Deern nie vergeeten hett un dat se gaanz deep in ehr Hart upbewohrt hett.
Un noch Johre looter, mutt se bi jeden Regenbogen denn` se süht, an dissen besonnern Dag un an ehr Mudder dienken. Aalns is ehr in Erinnerung bleeben. Dat is, as weer dat güstern wän.

Wat Verrücktes moken!

Hertha leew de ierste Tiet, as ehr Deern bi ehr weer, rein so`n bäten woller up. Obwohl ehr Krankheit jümmer slimmer wörr. De Familje wüss ober, Heilung geew dat nich mehr. Ober aal freun sik, dat Mudder überhaupt noch dor weer un, wenn se ehr`n Gefallen doon kunnen, denn stün aal porot.
Ober Hertha wörr jümmer weniger un se kunn ok nich mehr alleen loopen. Se weer vörher ober jümmer veel ünner Lüd un an frische Luff wän, wat se nun düchdig vermissen dä.
Dorüm wörr een Rullstohl besorgt un wenn dat Wear good weer, denn schöben de beiden los. As se mol`n tuur los wull`n un de Deern ehr Mudder frög: „Mutti, wo müchs du vandoge denn mol hin?"
Doo anter Mudder ehr so kess, keek ehr so rutfordernd an un sä:
„Ik harr woll mol Luss in`ne Stadt toföhrn. Ik will mi jo nix kööpen, ik bruk ok nix mehr, ober ik wörr so giern noch eenmol dör de Geschäfte gohn. To, loot us mol de Drogerien affklappern un us Parfümproben holn."
„Ooch Mutti, du glöws doch nich, dat de Drogerien noch Proben rutrückt. De geewt doch all laang nix mehr to."
Mudder keek ehr so plietsch un ünnernehmungslustig an un sä: „Na, - tööw man aff, loot mi man mol moken!"
„Tschjaa, - good, wenn du dat giern wullt, denn föhrt wi in`ne Stadt un versöökt us Glück."
De beiden harrn beste Stimmung un schöben los. Hertha seeht in ehrn Rullstohl un se sä, wo`t langs

güng`n. Se weer up ehr Beste un se vertell ehr Deern, wat sik in de Stadt de lezden Johrn aalns verännert harr.
Se leew nun all öber föffdig Johrn in e h r Stadt.
Ehr Deern weer för disse Tiet ut Berlin komen, un för de harr sik dor jo doch masse verännert.
Een no`nanner wörrn de Drogerien affklappert.
Un in de meisten Geschäfte, wo Hertha fröher giern inköówt harr, dor wörr se ok forns wollerkennt. Un selbstverständlich kreeg se dor ehr Proben mit. Dor bruk se gor nich nor to frogen. De sä`n all von alleen: „Sie haben doch immer so gerne Proben mitgenommen."
Un de rücken aalns rut, wat se harrn. Aal wünschen ehr goode Beeterung. Un denn bit to`n nächsten Mol!
Hertha veraffschied sik von jem aal. Se wüß ober ok, dat weer gewiß dat lezde Mol, dat se jem seehg.
Un so güng`n dat in jedes Geschäft. Allerweegens kreeg se wat geschenkt.
Up`n Trüchweg weer se so kaputt von aal dat Kieken un Snacken, dat se so in ehr`n Rullstohl inslööp. Se müß sik ok ierstmol hinlegen un besinnen, as se woller in`n Hus weern.
Se weer so glücklich, dat se noch so veel Bekannte droopen harr un dat ehr noch so veel Lüd kennt harrn. Se döös so`n Oogenblick gaanz selig vör sik hen un denn rööp se nor ehr Deern, lach ehr so fiegelinsch an, klopp mit beide Han`n up`e Bettdeek un sä: „Na, denn schütt mol denn` Büdel ut! Hier up`e Deek!"
Se köm ornlik hoch in`n Bett un se freu sik, as so`n lütt Kind öber aal de lütten Fläschchen un Packungen.

„Siehste, - ik heff di doch secht, dat wi wat kriegen daut!“
Un dormit probeer se ierstmol dat düerste un beste Parfüm ut. Un dat dur nich laang un ehr gaanze Zimmer röök no sämtliche Düfte.

Un dat sech ik Jau...!

Hertha un ehr Deern hebbt noch een gaanz wunnerbor intensive Tiet tohoopen, ober se weet beide, dat duurt nich mehr laang un ehr Deern kann de Pleeg nich mehr alleen moken.
De lezde Station is dat Hospiz. Hertha weet dat - un se hett sik dormit affunnen. Se will ehr Kinner dat ok nich so swoor moken. Se is dankbor för jede Stün`n de ehr noch blifft un se mit jem tohoopen wän kann.
As de Tiet denn komen is, weer dat för ehr een Trost, dat ehr Deern ierstmol noch in de Wohnung blieben dä un de nich forns uplöst wörr. De Ümzug von ehr schöne Wohnung in dat nee` eröffnete Hospiz füll ehr natürlich gaanz swoor. Ober, as se dor so liebevull un selbstverständlich upnohmen wörr un sik aal üm ehr kümmern dän, dor sogor veel lacht un scherzt wörr, doo fün`n se sik dor gau mit aff. Ehr Deern köm jeden Dag, föhr ehr in`n Rullstohl buten dör de Anlogen, güng`n mit ehr in denn schönen hellen Upenthaltsruum, un de Pleeger weern ok jo rund üm de Uhr för ehr dor.
Eener weer jümmer dor, wenn se jemanden bruk.
Eens Obends, as de Plegerin ehr för de Nacht fertig moken wull un mit ehr in`n Boarzimmer weer, hör ehr Deern von blangenan, dat ehr Mudder jümmer gegen irgendwat protestiern dä. Un dat duur ok nich laang, doo rööp de Plegerin ehr un sä, se muß ehr mol eben helpen.
De arme Froo weer gaanz verzweifelt un wüß nich, wat se moken schull.
De Deern güng`n bi jem rin un frög: „Mutti, wat is denn?“

Ehr Mudder keek ehr so vergrellt an, pedd ornlik mit de Fööt up de Eer un sä jümmer:
„De schööt dor rut!!! De schööt dor rut!!!“
Un as de Deern seehg, wat ehr Mudder meen, doo füng`n de luur an to lachen un de Plegerin lach in`ne Reeg mit, de kunn ok nich mehr an sik holn.
De Plegerin harr ehr Mudder bi`n Tähnputzen hulpen. Un nun kunn se ehr nich klor moken, dat se noch twee eegene Tähn harr un de nich rutgüng`n. Dat annere weer jo`n Gebiß. Ober Hertha wull, dat disse beiden eegenen ok rutschull`n.
„Ooch Mutti,“ lach de Deern, „nun loot de dor vanobend man mol in`n.“
Se harr de lezden Doog markt, dat ehr Mudder mitünner n`bäten dörhin weer. Ober anners weer dat doch noch so typisch ehr Mudder. Dor köm so richtig noch mol de oole Kampfgeist woller dör.
Se keek jem denn ok beide schaarp an, höl ehrn Zeigefinger steil in`ne Höchde - so, wie se dat fröher all doon harr un sä: „Un dat sech ik Jau, m o r g e n Obend kommt de rut!!!“
As se denn` annern Dag woller bi kloarn Verstand weer un ehr Deern ehr dat vertelln dä, doo krööp Hertha mit`n Kopp ünner ehr Bettdeek un gnicker jümmer so lies vör sik hen. Man kunn richtig sehn, wie de Deek sik bewegen dä. So lach se.
Nun, n`poor Johr looter kann de Familje dor öber snakken un lachen.
Un as ehr Deern mi de Geschichte vertell, doo sä se so gaanz lies achteran: „Tschjoo`o, - se weer schon `ne lüttje Seute...“

Wenn ehr Mudder dat hörn kunnt harr, denn weer se gaanz stolz up ehr Deern wän.
Werke Mudder wünscht sik nich, dat ehr Kinner - noch Johre looter - so liebevull von een snackt...

Leewer Jehann!

Vandoge schriew ik Di mol`n Breef un lech Di denn` up Dien Fernsehsessel, dormit Du denn ok finnen deihst. In`n Oogenblick is de Sessel jo jüst mol free, weil Du up`n Putt sittst.
Seit Doogen snacks Du nun all nich mehr mit mi.
Du kriegst Dien Muul nich oopen.
Sittst bloß noch vör`n Fernseher un kieks Di een Serie no`nanner an.
Dien eegen Leben löppt so an Di vörbi. Du weest all gor nich mehr, wat Du noch sühst un wer Du sülbens büst. Ober de Figurn dor in de Serien, de kennst Du aal bi`n Nomen, un Du weest över jeden genau Bescheed.
Bloß, wat bi us in`n Hus los is, dat kriegst Du nich mit. Aalns överläss Du mi.
Kümmers Di een Scheet üm Dien Familje un deihst, as wenn Di dat aalns nix angeiht.
Dien Kinner mögt Di all gor nich mehr ansnacken, weil Du Di överhaupt nich mehr för jem interessiern deihst. Un wi beiden leewt doch all laang bloß noch blang` nanner her.
Nich mol üm m i kümmerst Du Di noch!
I k bün Di doch ok schietegol!
Jehann, wi hebbt doch mol heirot, weil wi us giern harrn. Ober mittlerwiel süht dat jo gaanz trourig bi us ut. Wi kennt us jo kum noch. Un Du warst mi jo ok von Dag to Dag gliekgültiger. Wo laang hess Du mi all nich mehr in`n Arm nohmen un mi mol secht, wo ik all so laang up luurn doo, un wat ik giern mol von Di hörn müch.

Jehann! Besinn Di un kum to Di!
Kümmer Di üm Dien Familje, wi brukt Di doch!
Du hess Dien Kinner doch mol in`ne Welt sett. Wi wull`n dat doch so.
Un ik kann Dien muulige Gesicht ok bald nich mehr sehn. Un wenn Du dat Muul oopen moks, denn hess Du wat to nörgeln. Wer kann dat utholn?
Sogor us Verwandtschop geiht Di uten Weg un will nix mehr mit Di todaun hebben.
Jehann! Ik goh dor noch an to Grun`n, ik hol dat nich mehr ut!
Un wenn Du Di nich änners un nich mit mi snacks, denn loop ik Di noch up mien oolen Doog weg.
To, stoh up! - Krieg Dien Moors mol hoch un schallt denn` Kassen aff!
Loot mi nich so achter Di ran beddeln. Nimm us woller wohr, un snack un lach mit us.
So as fröher. So oolt büs Du doch noch gor nich.
To, - wi fangt nochmol von vörn an! Un wenn Du dat nich wull - Jehann, - denn kleeei mi an`n Moors un scheer Di to`n Deubel!
Ik k a n n un ik w i l l nich mehr!
Dissen Breef hett Di Dien Froo Ilse schreeben.
Du kanns mi jo mol woller schrieben - D u u u ...

„Mi geiht dat blendend!“

Em geiht dat blendend?
Wat is dat denn? Dat mokt mi jo stutzig. Dat heff ik jo all laang nich mehr erleewt.
Giff`t d a t ok noch, dat dat eenen Menschen blendend geiht?
Ober wer will dat denn hörn?
Un wenn dat denn noch een öllern Keerl secht, is dat doch ierstrecht verdächdig.
Wieso geiht denn` dat blendend?
Wieso hett de nix to Stöhnen? Aal de Oolen stöhnt doch, sogor de Jungen daut dat all.
Bloß d e nich? Dor stimmt jo woll wat nich! Wat is los mit denn`?
Un denn kumt sien Froo ok noch lachend üm de Eck, strohlt öber aal veer Backen un secht, as ik ehr frog: „Oooch, - mi geiht dat good!“
Dat is jo gediegen, aal de ik bit nun droopen heff de stöhnt, jammert un vertellt mi hoorgenau, wat jem aallns fehlt, - wo jem wat weh deiht un wat se anners för Probleme hebbt.
Un dit Ehepoor secht nun, jem geiht dat blendend!
De beiden fallt jo gaanz un gor ut de Rull. Hebbt de gor keen Oorsgebracken, wo se öber stöhnen könnt?
Ik bün jo wat neeschierig un frog jem: „Deiht Jo n i x weh?“
„Tschjoo, -“ lacht he, „ober, dat wull Du doch woll nich aalns so genau weeten? Oder?
Us geiht dat good. Un öber us lüttjen Wehwehchen dor snackt wi nich. Dat interessiert doch keeneen. Wi hebbt

doch aal us Oorsgebracken. Oder Du nich?“
„Tschjoo, - un ob! Ober ik trou mi nich toseggen, mi geiht dat blendend! Ik sech jümmer: Ik will dat nich slechter hebben. Ik heff nämlich Schiss, wenn ik sech, mi geiht dat blendend, dat ik denn een von boben up`n Deckel krieg.“
„Ooch Du Schisshoos!“ lach he „versöök dat doch eenfach mol. Un denn müß mol afftööben, wat passeert.“
„Tschja, good! Ober denn versöök ik dat ierstmol bi mien Keerl, wenn de mi frogd.
Ober wer weet, wat de denn aalns von mi will!“

Nun ober aff!

De lüttje Anne is gaanz upgereegt, se kriegt vandoge Besöök. Ehr Oma, ehr Tante un ehr Unkel wüllt komen un dat kumt nich so fooken vör. Oma wohnt wieterweg, un fröher is se ok fokener mol mit`n Bus komen, ober dat is ehr to anstrengend worrn. Dorüm kumt Unkel un Tante mit. Un dit Mol kumt nun ok noch een annere Oma mit, weil jüst noch een Platz in`n Auto free is. De will ober bloß mol sehn, wo Anne un ehr Öllern wohnt un Oma blifft ok bloß för eenen Dag.
Anne hett ehr beste Fründin Bescheed secht, dat se vandoge nich mit ehr speelen kann, se schall morgen woller komen.
Ober Anne fallt dat Luern ok man schwoor. Se steiht all denn` ganzen Vörmiddag jümmer an ne Stroot un tööwt. Un se freut sik denn doch, dat ehr Fründin ehr dorbi Gesellschaft leisten deiht, denn geiht de Tiet doch schneller hin.
As dat Auto endlich üm`e Eck kumt, springt un danzt Anne vör Freude. Un se vertellt ehr Fründin, dat dor ehr Oma innen sitt. Se hett ehr Oma ok glieks bi de Hand nohmen un geiht stolz blangen ehr an. Un ehr Fründin geiht up de annere Siet von Oma. De beiden kennt sik ok jo all länger.
In`ne Stuuv is denn groode Begrüßung.
Ehr Fründin köm ok wie selbstverständlich mit rin un se drööf natürlich ok blieben. Se weern jo jümmer tohoopen.
As de annere Oma denn ehr Portmonee rut kreeg un Anne twee Euro geben dä, weil se ehr anners nix mit-

brocht harr, doo kreeg ehr Fründin ok twee Euro. De beiden möken ortig ehrn Knicks un bedanken sik. Upmol stutz de annere Oma un sä:
„Ooch, - ik dach, ji harrn bloß e e n Deern?“
„Joo, - sä Anne ehr Mama, „de annere dat is Andrea us Nobersdeern. Anne ehr Fründin.“
„Ooochsooo, - denn harr ik d e jo gor nix to geben brukt!“
Un dormit dreeih de lüttje Schietbüüdel sik ok all up`n Hacken üm, knall de Dööör von buten achter sik dichd un neei dr ut. De lütten Been kunnen gor nich so schnell, as se schulln.
Se harr Angss, se müß de twee Euro nun woller trüchgeben. Un de wull se doch beholn.
Se is ok denn` gaanzen Dag nich wollerkomen.
Aal füngen an to Lachen, bloß de annere Oma nich. De mök`n suert Gesicht.
Un ik glöw, de hett dor achteran noch laang öber jammert, dat se de twee Euro so unnütz utgeben harr.

Aal wüllt se wat von mi!

Ik weet n i c h, wo mi de Kopp steiht!
„Kenns du dat ok Helga?" Frög Lisa mi. Un denn lech se ok all los:
Du müß di vull up dien Aabeit konzentriern de du jüst moken deihst, ober aal Oogenblick kumt een von dien Familje anschääten un will wat von di. Un jeder de wat will, pucht so laang rüm, bit he ne Antwoart kriegt oder ik helpen doo. Un eegentlik harr ik mien Kopp ober so all vull noog. Un in mien Achterkopp spöökt mi ok noch rüm, wat ik anners noch aalns moken müß.
Denn kunns du diene gaanze Bagaasch doch gegen de Wand backen un nor`n Blocksbaarg jogen! Oder geiht di dat nich so?
Ober de Deibels de loot sik nich affschüddeln! De bliewt. De nervt un geewt nich up.
Un bi di löppt aalns scheew.
Du packs Geschinke in, de du eegentlik gor nich verschinken wullt. Dat düere Geschinkpapier, wat du dor extro för kööwt hess, dat versnippels du. Dat paßt tolezd vörn un achtern nich mehr un du hess duppelte Aabeit.
Mi hett dat lezd Doogs so gohn. Ik wull to veel up`n Mol, un Jochen mien goode Keerl de harr Langewiel, de wull mit mi snacken un mi wat vertelln. Wo ik em anner Tiet sogor to nödigen mutt. Nee`e, - d o o wull he sabbeln. Jüst doo, as ik keen Tiet harr.
Aal nääslang bimmel ok noch dat Telefon un ik köm to nix.
Wenn`t kumt, denn kumt doch aalns up`n Mol!

Achteran harr ik so veel unnützen Kroom mokt, dat ik dr rein dörhin weer un nich mehr wüß, wat vörn un achtern weer.
So een vertweerten Dag heff ik ok laang nich mehr hat. Un dat kann ik ok jo gor nich mehr aff!
Wat meenst du Helga, mutt ik mi all Sorgen moken, dat ik nun dördreeih? Oder lichd dat gaanz eenfach an`n Öller?
Oder will de Famlije mi bloß mol testen, wo wiet se gohn könnt un wo belastbor ik noch bün? Totraun dau ik jem dat. Un achteran denn ok noch seggen:
Oooch Mudder, d u kanns dat doch noch aff, d u bruuks dat doch!
Ik heff ok to jem secht, ik schiet jau noch mol gaanz gehörig vörn Kuffer, dor könnt ji jau up verlooten!!!
„Oooch Lisa,- “ heff ik ehr doo antert „dat schullst du man leewer looten, dat stinkt bloß.
Un dien Jochen un de Kinner wöt di doch nix up`n Stock doon, de weet doch, wat se an di hebbt.“
„Tschja eben, - giff`s de Deukers denn` lütten Finger, denn wüllt se glieks de gaanze Hand. An`n End bün ik bloß noch jemehr Schietenkleier. Un dor mutt ik jo för uppassen!“

Hein un Gesche!

De beiden Oolen de muddelt ok so wat vör sik hen. Se sünd gaanz alleen in`n Hus, ober se sünd noch good bi`nanner un könnt sik noch sülbens helpen. Un dat is jo de Hauptsook. Quaaken un muuln giff dat dor nich. Se freut sik jeden Dag, dat se sik noch hebbt un tohoopen upstohn könnt. Se könnt no aal de veelen Ehejohrn ok noch jümmer düchdig mit`nanner lachen.
In`n April, as dat noch jümmer so koolt weer, doo sä Hein smorgens bi`n Upstohn, as he sik wat anteehn dä, mol so dröög to siene Gesche:
„Nun hebbt wi jo bald denn` iersten Mai, denn kumt dat Ding ober rut!"
„Wat förn Ding? Wat meenst du?" Frög Gesche em.
„Naa, - d a a t Ding!"
Dorbi mök he jo komische Handteiken. He dreih mit sien Duumen von sien`e Been nor`n Finster hin. Un dat mok he so`n poormol.
„Verstoh ik nich." Sä Gesche.
„Naa, - de lange Ünnerbüx!" Anter he ehr so fiegelinsch.
„Un wo schall de hin?" Wull siene Gesche weeten.
„Denn kumt de rut nor buten an`ne Fohnenstang. Denn heff ik de laang noog an`n hat!"
„Tschjoo," - meen se doo, „dat is ok wohr, dor hing de man hin! Us Nober hett jo so`n Stangen, wo de Werderfohn annertiet jümmer an weiht. Kanns em jo mol frogen, ob du dien Ünnerbüx dor nich mol ranhingen kanns. Denn harrn wi doch aal mol`n annert Bild vör Oogen.

Un sicher bleeben dor ok Lüd vör stohn un freun sik över diene „W i n d b ü x !“
Dat süht`n jo nich so fooken, ne lange Ünnerbüx an de Werderstang. Dat weer jo mol wat anners!“

Achtzig?

Du sechst, du büst achtzig,
hörst nun to de Oolen,
büst nich mehr so rüstig,
ik schall di man schoonen.

Ik kann dat nich glöben,
wat du dor sechst,
dat weer doch ierst güstern,
as du achter mi ranloopen büst.

Is noch gor nich laang her,
doo weerst up dien Beste,
moks Handstand in`n Goarn,
üm`e Wett - mit dien Deern.

Du frogst,
wo sünd de Johrn bleeben?
Un wat löppt bloß de Tiet?
Müß gor nich an dienken,
anners warst jo verrückt.

Geneet eenfach dien Leben,
di deiht doch nix weh,
hess noch nich mol Falten,
un blief man bi mi.

Du kannst noch good loopen
un kannst noch good sehn,
kanns eendlich laang sloopen -
dat Leben is doch schön!

Ik kann nich!

Ik lieg in`n Bett
un luur up`n Sloop,
ober de Gedanken
de rattert un rattert
man so dör mien Kopp.

Wat heff ik aalns beleewt
un wat heff ik snackt.
Heff ik wat verkehrt mokt -
un aalns richtig bedacht?

Ik bruk nun mien Sloop
un ik dreih mi mol üm,
lech mien Hand up`n Buuk
un tähl eenfach mol Schoop.

Wo fang`n ik denn an?
Bi de Lütten dor achtern?
Ik seh gor keen Schoop,
seh bloß noch Gestalten.

Aal bölkt se nor mi,
se winkt un se roopt.
Ik kann Jau nich helpen!
Verdammt!!!
Ik bruk endlich mien Sloop!

Du fehlst mi!

Du kannst mi dat glöben,
dat du mi fehlst,
dien Lachen un Vertelln,
dat is,
wat ik an`n meisten vermiss.

Mit di kunn ik snacken
bi Dag un bi Nacht,
öber Gott un de Welt,
un dat is,
wat mi nun so fehlt.

Ober wi seht us woller,
dat glöw ik gewiss,
in een anneret Leben,
dor, wo dat keen Krankheit
un Wehdoog mehr gifft.

Een oolt plattdütschet Gedicht öber de Leew un de Ehe secht:

„Eener mutt jümmer uppassen,
dat een Licht dorsteiht,
dat de Muus nich an`t Brot rangeiht,
dat de Finstern to sünd bi Wind,
dat he nich de Schieben rutssleit,
dat de Döörn to sünd,
dat nich eener kummt un,
dat Licht un dat Brot un de Leew mitnimmt.

Eener mutt jümmer uppassen.
Mutt bloß nich jümmer een un
deselbige von de beiden wän.“

Dit schöne oole Gedicht hebbt mien Keerl un ik mol von mien Nichte Marlies schenkt kreegen un ik fin`n, dat is veel to schoar, dat dat bloß bi mi in`ne Kommaude lichd. Wer dat mol schreeben hett, dat hebbt wi leider nich mehr rutfun`n.

Erklärung einiger plattdeutscher Wörter

Aafenssupp	=	Erbsensuppe
Afkooten	=	Anwälte
alieke	=	gleich
Ammel	=	Eimer
baarfoot	=	barfuß
bi Tiets	=	bei Zeiten
Besöök	=	Besuch
Bickoors oder pööten Moors	=	schmerzhaftes Hinterteil
blaarn	=	weinen
Blangendöör	=	Seitentür
breetbeent	=	breitbeinig
broarn	=	braten
Bruten`s	=	Bräute
buck	=	beugen
Buuk	=	Bauch
Buerdeern, Buurdeern	=	Bauerntochter
Buerjung	=	Bauernsohn
Deuker	=	Schlingel
dörgröönen	=	er wird wieder besser werden
dreeioorst	=	mit`n Moors wackeln
Drohtesel	=	Fahrrad
drööf / dröfen	=	dürfen
duuknackt	=	krumm, gedrungen

duumenbreet	=	daumenbreit
dwatsch	=	plump
eder	=	eher
eenerlei	=	egal
een Kopp un een Oors	=	ein Herz und eine Seele
fiegeliensch	=	verschmitzt, pfiffig
fooken	=	oft
Fööt	=	Füße
forns	=	sofort
Fuust	=	Faust
Geroosch	=	Garage
gleunig	=	glühend
glieks	=	gleich
gnickern	=	kichern
Goarn	=	Garten
Gössel	=	Gänse
Gropen	=	Großer Kessel, Feuerkessel, stand meistens auf der Diele, wurde beim Schlachten u. für die Wäsche benutzt
Häben	=	Himmel
Haubööm	=	Heuboden
Holschen	=	Holzschuhe

Hoot	=	Hut
Hus	=	Haus
insööhlen	=	dreckig machen
Kaniken	=	Kaninchen
Klettschwogen	=	Pferdekutsche
kniepögt	=	zwinkern
Köken	=	Küche
Kommaude	=	Kommode
Komer	=	Kammer
Koppwehdooge	=	Kopfschmerzen
Ledder	=	Leiter
Leesten	=	Leisten
Lieduhrn	=	Hühneraugen
lööp / lööpen / loopen	=	laufen
luurn	=	warten
Mielööpen	=	Ameisen
Mieselpriem	=	Miesepeter
Moors	=	Hintern
Moot	=	Maß
Mot	=	Mut
nee`e nee`t	=	neu
nöömt	=	nennen
Nüchde	=	Nähe
Oolendeeler	=	Altenteiler
Oors	=	Hintern

Oorsgebracken	=	kleine Wehwehchen
oopsig	=	affig
oorig	=	tüchtig, viel
Penn	=	Pfennig
plietsch	=	pfiffig
Pries	=	Preis
Porten	=	Pforte
Pun`n	=	Pfunde
Putzbüüdel	=	Friseur
reiken	=	riechen
rieden	=	reiten
Rietsticken	=	Streichhölzer
ritt	=	reißen
Schietöörster	=	kleine süße Kinder
Schauh / Schooh	=	Schuhe
Schöddeldook	=	Schüsseltuch
Schöörten	=	Schürzen
Schreer	=	Schritte
sehg	=	sehen, sahst
Slippen	=	Rockzipfel
Speelwark	=	Spielwerk
smuustern	=	grinsen, lächeln, schmunzeln
sslaarn	=	schlurfen
Ssmeer	=	Schmiede
ssleit	=	schlagen, schlägt
stickendüster	=	überaus dunkel
Stohlküssen	=	Stuhlkissen

stuckel	=	schaukeln, wiegen
stün	=	standen
Sweet	=	Schweiß
Swienswaag	=	Schweinewaage
trohartig	=	treuherzig
trüchoors	=	rückwärts
Tofrearn	=	Zufrieden
Tuneegel	=	Taugenichts
Tuun	=	Zaun
tweei	=	entzwei
utneeiht	=	weglaufen
Uul	=	Eule
vandoge	=	heute
vergeetern	=	vergesslich
Wehdoog	=	Schmerzen
verleevt	=	verliebt
Winnwöpp	=	Maulwurf
Wollerwöör	=	Widerworte
Zeegen	=	Ziegen
Zeegenfööt	=	Ziegenfüße, linken Schuh auf den rechten Fuß, und rechten Schuh auf den linken Fuß. (Aalns kloor?)

Weitere Titel:

ISBN 3-89598-712-3

ISBN 3-89598-714-X

ISBN 3-89598-963-0

ISBN 3-89598-713-1

ISBN 3-89995-215-4

ISBN 978-3-89995-659-7

ISBN 978-3-89995-457-9

Helga Maria Christoffer

Fööt hoch un lesen